The Ebb-Tide

Robert Louis Stevenson & Lloyd Osbourne

引き潮

ロバート・ルイス・スティーヴンスン＆ロイド・オズボーン

駒月雅子訳

国書刊行会

——人の営みには潮の満ち引きがある。

引き潮✤目次

第一部　三重奏

第二部　四重奏

引き潮

三重奏と四重奏

第一部　三重奏

第一章　海辺の夜

太平洋の島嶼には、ヨーロッパ諸国のさまざまな人種、さまざまな階級の者たちが散らばっており、彼らが持ち込んだ習慣や伝染病の影響をいたるところで目にする。住みついたあとも、成功して富を築く者もいれば、無為に暮らす者もいるといった具合にさまざまだ。なかには王位への階段をのぼりつめ、島と船隊を手中に収めた例もあるが、生活のため現地の女を娶《めと》ることになった男も少なくない。そうした連中は大柄で陽気なチョコレート色の肌の女房に面倒を見てもらいながら、毎日ぶらぶらしている。服装は土地の人間と同じだが、歩き方や身振りに異国情緒を漂わせ、人によっては将校や紳士の名残り（たとえば片眼鏡のような）を身につけているかもしれない。おおかたヤシの葉陰のベランダにでも寝そべって、演芸場《ミュージックホール》の思い出を島民たちに語り聞かせているのだろう。しかし、ヨーロッパからの流れ者のなかにはもっと不器用で能力に乏しく、覚悟が足りないせいかさっぱり運が向かない輩《やから》も存在し、実り豊かな島にいながらいつも食うのに困っているありさまである。

パペーテの町はずれにある浜辺では、まさにそういう食いつめた男が三人、プラオの木の下でうずくまっていた。

だいぶ夜がふけていた。楽隊はとっくに解散して、にぎやかな演奏とともに行進しながら去っていき、そのすぐあとに店員や海軍士官など男女入り混じった集団が、花冠をかぶって互いに腕を組み腰に手を回し、踊りながら続いた。いま、小さな異教徒の町はすっかり寝静まり、家々は暗闇と静寂に包まれている。残った明かりは街灯だけで、それらの輝く光が暗い路地で土蛍のごとく浮かび上がり、港では海面に震える模様を描いていた。耳を澄ますと、埠頭に荷揚げされた材木の山のあいだから低いいびきが聞こえてくる。材木を運んできた優雅なたたずまいの快走式スクーナー（二本ないし三本マストの縦帆式帆船）数隻は小型ヨットよろしく寄り集まった状態で係留され、乗組員たちは露天の甲板で大の字になるか、乱雑に積み上がった船荷の陰に粗末なテントを張り、そのなかで重なり合うようにして眠りをむさぼっている。

だが、プラオの木の下の三人は当分眠れそうになかった。夏のイギリスならば、この気温でも特段の影響なく過ごしていただろうが、南太平洋にとっては異常な寒さである。無生物はそれを感じ取って、島内の掘っ立て小屋に等しい家ではどこも瓶に詰まったココナッツオイルがかちこちに凝固している。浜辺の三人も寒さに震え、縮こまっていた。彼らが着ているのはぺらぺらの木綿の服だった。日中はその恰好で汗だくになったり、熱帯の叩きつけるような雨に打たれたりした。そのうえとどめを刺すかのように、食べ物にもありつけずにいた。夕食はもちろんのこと、朝食にも昼食にも。

　南太平洋風に表現すれば、彼らはおちぶれている《オン・ザ・ビーチ》。不運という共通項が三人を結びつけ、タヒチで最もみじめな英語圏の三人組が誕生したのである。もっとも、不幸な境遇に甘んじていること以外、相手についてはなにも知らないも同然だった。本名さえ名乗り合ったことがなかった。三人とも年季奉公のような辛抱強さでじりじりと身を落としていき、その堕落の途中で不面目にも偽名を使わざるを得なかったからである。とはいえ、三人とも裁判にかけられたことは一度もなかったし、一人を除けば情け深い性分だった。その二人のうちの一人は、木の下でみじめに身を震わせながらも、ポケットにぼろぼろになったウェルギリウス（古代ローマの詩人）の詩集を忍ばせていた。

　もしもそれを売って金になるのなら、ロバート・ヘリックは最後の所有物であるその本をとうの昔に手放していたことだろう。しかし、文学の需要は太平洋諸島では決して多いとはいえず、ましてや過去の遺物となったラテン語の書物になど誰も振り向かなかった。そんなわけで、食べ物と交換できなかった詩集を、持ち主はちょくちょく空腹時の心の慰めにしているのだった。使われなくなった古い刑務所の床にベルトをきつく締めて横たわりながら、よくその詩集を開いては、気に入った一節を探したり、思い出の神聖化につながらないせいで美しさに気づかなかった箇所を新たに見つけたりした。また、田舎道をあてもなくさまよっている途中、道端に腰を下ろして休み、詩集を取り出すことも多かった。海をへだてたモーレア島の山々を見晴らせる場所では、叙事詩『アエネーイス』を軽く読み流して、占いのように未来を暗示する一節を作中から拾い出した。たとえその神託が（神のお告げとはもともとそういうものだが）曖昧模糊として、励ましにならないものであっても、母国イギリスの懐かしい風景は異郷生活者の記憶と幻想のなかで毛筋ほども色褪せない。騒がしい教室、青々とした芝生の校庭、休暇中の帰省、ロンドンの絶え間ない喧騒。炉辺でくつろぐ白髪頭の父親も思い浮かぶ。謹厳実直な古典文学の作家たちというのは、イギリス人が学校で強制的に学ばされ、しばしば苦痛をともなうつきあいを余儀なくされる相手と相場が決まっているため、いつしかわれわれの骨の髄まで染み込んで、記憶のなかに近しい人として刻みつけられる。よって、ウェルギリウスの作品は著者本人の出生地マントヴァやローマ帝国初代皇帝アウグストゥスのことよりも、イギリスの土地や風景、さらには生徒自身の二度と戻らない青春時代を思い起こさせるよすがとなるのだ。

ロバート・ヘリックの父親はロンドンのしかるべき会社の共同経営者で、知性と行動力をあわせ持つ野心家だった。当然ながら息子の将来に希望を託していた。そのため、ロバート・ヘリックは名門の寄宿学校で学び、奨学金を得てオックスフォード大学に進学した。ところが、ありったけの才能とセンス（当人はもともと双方を充分兼ねそなえていた）をかき集めても、堅実で聡明な大人にはなりきれず、学問の脇道に迷い込んで音楽やギリシャ哲学の形而上学に傾倒し、役に立ちそうもない学位を取得する結果となった。時を同じくして、父親が経営に携わっていたロンドンの会社は大赤字を出して倒産した。父親が平社員として一から出直さねばならなくなると、ロバートも親孝行のため夢をあきらめて、忌み嫌っていた実務の道へ進むことにした。もちろん商才はまったく持ち合わせていなかったし、時間を拘束されるのがいやでたまらず、商売人たちの手練手管や成功には軽蔑の念しか湧かなかった。安定した人生を送りたいとは願っていたが、金持ちになりたいという欲望はこれっぽっちも抱いていなかったのである。もっと豪胆で奔放な若者だったら、運命に逆らおうとしたかもしれない。物書きになってペンの力で未来を切り開こうとか、軍隊に志願しようとか、そういった方面に人生を賭けていただろう。けれどもロバート・ヘリックは、臆病の裏返しともいえるが、用心深くて分別があったので、家族を無理なく支えるのに最適な生き方を自らの意志で選んだ。しかし一方で、心は千々に乱れ、葛藤にさいなまれた。近所に住む以前の知人たちを避けたいがために、せっかくの有利な就職口をことごとく断り、ニューヨークへ渡って一介の事務員になったのだった。

それ以降の経歴は不面目を積み重ねる一方だった。酒は飲まないし、根が正直で、雇い主にたてついたことなど一度もないというのに、勤め先をすぐに首になった。与えられた職務に熱意も関心も持てないせいで、つい手を抜いてしまい、仕事がおろそかになったり、しくじったりの連続だったのである。あっちの会社、こっちの会社と、町から町へ転々としたが、どこへ行っても役立たずの無能とみなされた。しかし、面と向かってそう呼ぶ者、すなわち彼の鼻っ柱をへし折ってくれる者は一人もいなかった。そのためヘリックは相も変わらず自分は教養豊かだとうぬぼれ、手に負えなかった業務をつまらない半端仕事と見下し、それゆえに苦痛はいっそう増した。転落の道を歩み始めた頃には、すでに親への仕送りはやめていた。ほどなくして手紙も書かなくなり、家族との連絡を絶った。そして、この物語が幕を開ける約一年前、サンフランシスコで激昂した粗野なユダヤ系ドイツ人に自尊心という最後の砦を打ち砕かれると、発作的に偽名を使ってなけなしの金で切符を買い、郵便船のブリガンティン（二本マストで、一方に横帆を備えた帆船）、シティ・オブ・パペーテ号に乗り込んだのだった。南太平洋への渡航になにを期待したのか、本人もよくわかっていなかった。真珠やコプラ（乾燥したココヤシの実）で財を成すつもりなら、見込みは充分ある。彼ほど才能に恵まれない者たちでさえ、太平洋諸島で女王の側近や国王の大臣にまで出世している。だが、もしもヘリックがそのような勇ましい野望を抱いていたならば、父から受け継いだ家名を手放したりはしなかったはずだ。偽名は道徳上の破産の表われだろう。白旗を上げて降参し、自身の再起も窮乏する一家の再建もあきらめたのである。よって、気候が温暖で食料が安く、堅苦しい礼儀作法のない島を目指したのは、面倒な仕事を放棄して人生の戦場からこっそり逃げ出すためだったのだ。当人いわく、失敗が彼の定められた運命だった。どうせ失敗するなら、楽しくのんきに失敗しようという算段だったにちがいない。

〝ここに根を張る〟などと豪語しなかったのは幸いといえよう。南太平洋に来てからもヘリックは失敗続きだった。新しい環境と新しい名前のおかげで以前ほどつらくはなかったが、せっかく職にありついても、すぐに失業するのは相変わらずだった。レストランを渡り歩いて店主たちにさんざん辛抱を強いたあと、道端で通りすがりの者の慈悲にすがるところまで身を落とした。時の経過とともに磊落《らいらく》な性格も影をひそめ、一、二度肘鉄砲を食わされると、すっかり弱気になった。彼より貧しくてみっともない男でも支えてくれそうな女がいくらでもいるだろうに、ヘリックはそういう相手と一度も出会わなかった。探そうともしなかった。探していれば、そして出会っていれば、男としての自覚が芽生えていたかもしれないが、彼はそうせずに飢えるほうを選んだのだ。うらぶれた生活ゆえ、雨が降ればずぶ濡れになり、日中は灼熱の太陽に焼かれ、夜は寒さに身を震わせた。ねぐらは廃墟と化した古い刑務所。食料は物乞いをしたり、ゴミの山をあさったりして手に入れた。似たり寄ったりの境遇にある連れの二人とともに、もう何カ月も悔恨の念にまみれて暮らしてきた。運命に身をまかせるのがどういうことかはよくわかっていた。逆に運命に抗って子供じみたやけを起こしたり、絶望から無気力に陥ったりしたらどうなるのかも。時は彼を変えた。気ままで愉快な堕落などという言い訳では、もはや自分をだましきれなかった。そんな性分ではないと悟ったからだ。二度と立ち直れないとわかっていながら、堕落を受け入れるのは無理だと経験から知ってしまっている。見栄でも気力でもない、おそらく本能が、彼を屈服から遠ざけていた。それでも我が身の不運が日増しに腹立たしくなり、ときどき我慢の限界を感じることがあった。

そんな調子で四カ月が過ぎたが、現在もいっこうに代わりばえしない生活を送っていた。空に月が昇り、そのまわりを大きさも形も濃淡もさまざまな雲が通り過ぎていく。インクの染みに似た黒い雲もあれば、芝生のようになめらかできめの細かい雲もある。月光は南国ならではの輝きを放って、美しいがうんざりする、いつもと同じ風景を照らしていた。一年中、山頂に雲がかかっている山々、灯がほとんどともっていない市街地、港に林立する帆船のマスト、環礁に囲まれた鏡のような海面、堡礁《バリア・リーフ》に打ち寄せる白波。月光はまるで照準を合わせたようにヘリックの仲間たちの姿も照らしていた。がっしりした体格のブラウンと名乗るアメリカ人は、なにか不名誉なことをしでかして商船長を辞めた。もう一人は子供のように小柄な、歯の抜けた口でにたにた笑う薄青色の目の男で、ロンドンの下町で育った教養も品もない生意気な元店員だった。いまのロバート・ヘリックには、そんな者たちしかつきあう相手がいないのだ！アメリカのニューイングランド出身の元船長は、少なくともひとかどの人物ではある。優しさと度胸をそなえた高潔な人柄で、信頼がおけそうだった。しかし、もう一人のほうは欠点を補う美点がほとんど見当たらない。本人はヘイと名乗ることもあれば、トムキンズと名乗ることもあり、そのいいかげんさをいつも笑ってごまかす。パペーテのすべての商店で働いたことがあり、そこそこ有能な男だったが、腹黒いせいでどの店からも追い出された。元雇い主たちとは仲たがいしているため、道ですれちがっても向こうは彼を犬かなにかのように無視する。以前の同僚たちも借金取りかなにかのように彼を避ける。

　島内、とりわけパペーテでは、少し前にペルーからの船舶が持ち込んだインフルエンザが猛威をふるっていた。三人のいるプラオの木のまわりでも、気の滅入る陰気な咳や、激しく咳き込んで喉を詰まらせる音が聞こえている。インフルエンザに感染して高熱に苦しむ島民たちが、涼しさを求めて戸外へ這《は》い出し、波打ち際にしゃがんで、あるいは砂浜に引き揚げてあるカヌーに腰かけて、夜が明けるのを不安な思いで待っているのだ。田舎で雄鶏の鳴き声が農場から農場へ連鎖するように、咳の声も遠くまで響き渡って、こっちでやんだあとはあっちで起こるという具合に範囲がどんどん広がっていく。悪寒に震える哀れな病人たちは、順番に咳の発作に襲われて息も絶え絶えになり、発作が通り過ぎたあとは消耗しきって口をきく元気もなくなる。同情心に富んだ人は、インフルエンザが流行っているパペーテの冷え込む夜の砂浜へ足を運ぶといい。哀れみをかけてやるべき者が大勢見つかるだろう。そうした受難者たちのなかで最も同情に値しない、しかし最も不憫《ふびん》な男が、先に述べたロンドンの下町育ちの元店員だった。心地よい家やベッド、ぜいたくな病室や至れり尽くせりの看護といった、まったく別の人生もあったろうに、いまは空《す》きっ腹を抱えて屋根も壁もない砂浜に横たわり、ときおり強くなる風に吹きさらされている。もともと虚弱な体質なので、インフルエンザは命を奪いかねない脅威だ。病と闘う彼の忍耐強さに、二人の仲間は舌を巻いた。深い同情の念をおぼえ、嫌悪感すら忘れた。たちの悪い病気を忌み嫌う感情は、それに冒された者と一緒にいる不快感でいっそう強まったが、不人情を恥じる思いがそれを押しやって、なんとかしてやらなければと感じたのである。そんなわけで、二人は辛抱強く元店員に付き添っていた。根性のねじ曲がった男とわかっていても、精一杯気を配ってかいがいしく世話をした。俗欲と自己愛しか残っていない状況では、死を考えるのは耐えがたいものだ。二人は病人を抱き起こしてやったり、少しは楽になるだろうと勘違いして背中を叩いてやったりした。咳の発作のあと、病人が青ざめて、ぐったりと仰向けに横たわったときは、まだ息をしているだろうかと不安げに顔をのぞき込んだ。長所がひとつもない人間などいない。元店員の場合は肝の据わっているところだった。冗談めかして、たまに毒舌もまじえて、仲間たちを安心させようとした。

「そんなに心配すんなよ」激しい咳にあえぎながら、そう言いもした。「喉の筋肉を鍛えてるだけなんだからさ」

「おまえってやつは！」元船長が感極まって叫んだ。

「おれはそう簡単にはへこたれない」病人は切れ切れの声で言った。「ま、苦しいことは苦しいけどな。自分だけ病気にやられるなんて、まったくいまいましいぜ。道化を演じさせられてる気分だ。なあ、もうしばらく起きてられるだろう？　二人のうちどっちでもいいから、なにか面白い話を聞かせてくれ」

「悪いが、話の種なんぞひとつも持ってない」元船長が答える。

「ぼくが話そう。いま頭に浮かんでることでよければ」ヘリックは言った。

「ああ、なんでもいいよ」と元店員。「自分はまだくたばってないってことを思い出したいんだ」

ヘリックはうつぶせに寝転んで、語り始めた。ささやくような声で、ゆっくりと。大事な話を伝えようとするもったいぶった感じはみじんもなく、暇つぶしによもやま話を聞かせるような口調だった。

「こんなことを想像してみた。ある夜、自分はパペーテの砂浜で横になっている。月が出て、風の強い晩だ。まわりでは、みんながこんこん咳をしてる。ぼくも寒さと空腹で、ぐったりしている。歳は九十くらいだが、このパペーテの砂浜で過ごすようになってかれこれ二百二十年は経つ。ふと、こすれば願いがかなう魔法の指輪があればいいのに、と思う。優しい女神か、醜い悪魔を呼び起こせないだろうか。そこで、きみがどういう方法を使ったか思い出そうとした。確か、きみは頭蓋骨で指輪を作っていたね。オペラ『魔弾の射手』で同じ物を見た。きみは上着を脱いで、シャツの袖をまくり上げた。これはフォルメスが東方の三博士の一人、カスパールを演じたときのしぐさだ。彼はあの役をだいぶ稽古したんだろうね。さあ、お次は煙だ。きつい臭いのする煙を起こさないといけない。まあ、これは葉巻に火をつければいいだろう。煙が出たら、〝後ろへ〟と唱える。果たして自分にできるだろうか、と不安になった。けっこう難しい技だからね。〝前へ〟と唱えたほうがよさそうだと思い直して、そのとおりにした。で、晴れて〝果てしなき世界〟へ到着できた。すると、すぐにぼろを着た一人の男と出会った。敷物を小脇に抱えて、浜辺づたいに町からやって来た。ごつい顔立ちの老人で、身体がゆがんで、足を引きずっている。しかも始終、咳をしている。最初は気に食わないやつだなと思ったが、苦しそうに咳き込むのを見て、気の毒になった。そういえば、アメリカ領事がヘイのためにと船長にくれた咳止め薬があった。その薬はヘイにはちっとも効かなかったが、この老人にはひょっとしたら効くかもしれない。ぼくは立ち上がって、『イオラナ《こんにちは》！』と声をかけた。老人も、『イオラナ』と挨拶を返してよこした。『実を言うと』ぼくはそう切り出した。『この瓶に上等な薬が入っているんです。あなたの咳にきっと効くと思いますよ。さあ、早くこっちへ来てお飲みなさい。食器はどこにもないので、ぼくのてのひらでスプーン一杯分を量ってあげましょう』老人が近寄ってきた。そばで見ると、ますます気に食わなかったが、約束はちゃんと守った」

「ちぇっ、くだらねえ」元店員が口をはさんだ。「川底の腐った泥みたいな話だな」

「おとぎ話だよ。故郷では小さな子たちによく聞かせてやった」ヘリックは言った。「飽きたんなら、やめてもいいよ」

「いいや、続けろ！」病人がじれったそうに言い返す。「なにもないよりはましだ」

「わかった。じゃあ、そうしよう」ヘリックは話の続きに戻った。「咳止め薬を飲ませてやると、老人はたちまち元気を取り戻し、まるで別人みたいになった。どうやらタヒチ人ではなくて、アラブ系らしい。長い顎ひげを生やしているしね。『善行は善行を受ける価値がある。返礼をせんとな』と彼は言った。『わしは千夜一夜物語《アラビアン・ナイト》から抜け出てきた魔法使いなのじゃ。ここに抱えているのが、かの有名なマホメットなにがしの絨毯でな。呪文を唱えれば、あんたはこの絨毯に乗ってどこへでも行ける』ぼくはびっくりして、『えっ、空飛ぶ絨毯なんですか？』

と訊き返した。『そのとおりじゃ』と老人は答えた。『ぼくが千夜一夜物語を読んだあと、あなたはアメリカへ旅したようですね』ぼくは疑わしげに訊いた。『さようじゃ』と老人。『わしはいたるところを訪ねてまわった。この絨毯を持っている者は狭苦しい共同住宅に閉じこもったりなどはせんのだ』それを聞いて、ぼくはなるほどと納得した。『ということは、その絨毯に乗ればロンドンへひとっ飛びできるんですね？　イギリスのロンドンへ』と老人に尋ねた。船長、老人にはあなたと同じベテランの船乗りみたいな雰囲気があったよ。で、老人はうなずいて答えた。『あっという間じゃ』ぼくは現地の時刻を計算してみた。船長、パペーテとロンドンの時差はどれくらいだっけ？」

「タヒチのポイント・ヴィーナスとロンドン近郊のグリニッジ天文台との時差は九時間と数分数秒だ」元船長が答えた。

「じゃあ、合ってたんだ。ぼくも約九時間ってことで計算した」とヘリック。「つまり、午前三時に絨毯に乗って呪文を唱えると、ロンドンには正午頃に到着するわけだ。想像しただけでわくわくしたよ。『ひとつだけ困ったことがあるんです』ぼくは老人に言った。『からっけつなんです。びた一文持ってないから、ロンドンに着いても朝刊が買えない』すると老人は、『おやおや』と驚いた。『この絨毯がどんなに便利か、わかっとらんようじゃな。ほれ、ここにポケットがついとるじゃろう。手を突っ込んでみるがいい。ソヴリン金貨がざくざく出てくるぞ』」

「ダブルイーグル（一八四九～一九三三年にアメリカで発行された二十ドル金貨）じゃないのか？」元船長が細かい注文を出す。

「そう、それだよ！」ヘリックは意気込んで答える。「大ぶりな金貨だった。いま思い出したんだが、チャリング・クロスの両替商へ行かなけりゃならなくてね。あそこで金貨をイギリスのクラウン銀貨に替えたんだった」

「ほんとにロンドンへ行ったのか？」元店員が口をはさんだ。「ブランデーのソーダ割りでもかっくらって、白昼夢を見たんじゃないか？」

「なあ、いいかい、老人が言ったとおり、あっという間に移動できるんだ。午前三時にこの浜辺にいたと思ったら、次の瞬間には真昼のゴールデン・クロス・ホテルの前に立っていた。初めはまぶしくて、しばらく目を覆ってたよ。音を聞くかぎりでは、特に変化はないように思えた。珊瑚礁《さんごしょう》の波音とストランド街の喧騒はよく似てるんだ。ほら、耳を澄ましてごらん。通りを行き交う辻馬車や乗合い馬車の響きが聞こえてこないか？　やっと目を開けられるようになったので、あたりを見回した。まちがいない、懐かしのロンドンだ！　広場の銅像に聖マーティン・イン・ザ・フィールズ教会、警官、それから雀と馬。あのときの気持ちをどう言い表わしたらいいのか。感激のあまり泣きそうになったよ。踊りたくてうずうずした。ネルソン記念柱さえひらりと飛び越えられそうだった。地獄から解放されたうえに、天国のなかでも一番すばらしい街に舞い降りた気分とでもいうのかな。ちょうど馬の尻に鞭を当てながら二輪辻馬車がやって来た。ぼくは御者を呼び止めて、『二十分で目的地へ運んでくれたら、チップに一シリング払うよ』と言った。馬車は快調に飛ばした。もちろん、空飛ぶ絨毯にはとうていかなわないけどね。とにかく、十九分三十秒後には目的の家の玄関に到着した」

「どこだい？」元船長が尋ねた。

「そうだな、ぼくの知っている家、とだけ言っておくよ」ヘリックは答えた。

「ほんとはパブに行ったんだろう？　そうに決まってる！」元店員がわめく。さらに難癖をつけた。「だいたい、魔法の絨毯があるんなら、どうして馬車になんか乗ったんだ？　ガラガラうるさいだけで、のろっちいのに」

「静かな通りが大騒ぎになるといけないからね」語り手が答える。「不作法なことはしたくなかったんだ。辻馬車で充分さ」

「で、それからどうなったんだ？」元船長が先を促す。

「家のなかに入ったよ」とヘリック。

「住んでるのはあんたの家族かい？」

「そんなところだ」草を嚙み嚙み、ヘリックが答える。

「けっ！《クライキー》　おまえのほら話はちっとも面白くねえ！」元店員がまたわめく。「説教臭くて、『救いの子供』（牧師の娘マリア・ルイーザ・チャールズワースが一八五四年に発表した小説）みたいだ。おれが遠足に行くんだったら、飲んだくれて遊びほうけるけどな。まずは景気づけにブランデーのソーダ割りをひっかけてから、アストラカンの毛皮がついた豪華なアルスター外套を買う。それを着たら、ステッキ片手にピカデリー通りへ気取ってお出かけだ。一流レストランへ入って、そうだな、グリーンピースとシャンパン一本と、厚切りのステーキでも注文するか——おっと、忘れてた！　初めに小魚のフリッターを食っとこう。デザートはスグリの実のタルトとコーヒー。リキュールは封印を切ってない大瓶のやつで——ベネディクティーヌだな。いかす名前だぜ！　腹ごしらえを済ませたところで、次は劇場だ。そこで意気投合したやつらとダンスホールやバーへ繰り出し、夜通し遊ぶ。お日様が顔を出すまでな。で、一寝入りしたら、クレソンのサラダにマフィンと新鮮なバターで遅い朝食。どんなもんだい！」

調子づいたとたん、元店員は新たな咳の発作に襲われた。

「じゃ、今度はわたしの計画を披露しよう」元船長が言った。「おまえさんたちみたいに無茶なふざけた行動は絶対に取らんね。ミズンマストのてっぺんから振り落とされる間抜けとはちがう。わたしだったら、着いたらすぐ一番でかい馬車を借りる。前から後ろまで荷物を積めるだけ積むんだ。あちこちで買った土産物をな。市場では七面鳥と、まだ乳離れしてない生まれたての子豚。ワイン商ではシャンパンを一ダースに甘口のワインを一ダース、それからポート・ワインかマデイラ・ワイン、どっちでもいいから店で一番高級な、芳醇で濃厚で強いやつ。次は玩具屋で、南国の子供が喜びそうなおもちゃを二十ドル分くらい。菓子店へも行って、ケーキやパイや菓子パンを。プラム入りのがいい。そのあとは新聞雑誌販売所で新聞と雑誌を全種類。児童向けの絵入りのやつもだ。年頃の娘たちには、アンナ・マリアと出会った伯爵の話だの、レディ・モードの私設精神病院からの逃亡劇だのが載った読み物新聞。しこたま買い集めたら、我が家へまっしぐらだ」

「子供用に糖蜜も買ったほうがいい」ヘリックは言った。「大好物だから」

「よし、わかった。子供の土産に糖蜜も追加だ！　赤いのをな」と元船長。「それと、紐をぐっと引いたら、ぽんと破れて、なかからおみくじみたいなもんが出てくるやつもだ。感謝祭とクリスマスがいっぺんに来たみたいに大はしゃぎだろうな。ああ、それにしても、いま頃どうしてるんだろう。子供たちの顔を見たい。パパが馬車で玄関に着いたら、きっと大喜びで家から飛び出してくるぞ。かわいいおちびのアダルは――」

元船長は突然悲しげに黙り込んだ。

「おい、どうしたんだよ！」と元店員。

「まったく情けない。我が子たちがどんなふうに暮らしてるかも知らないとはな。ひもじい思いをしてないといいが」元船長の声に後悔がにじむ。

「おれたちほどひどい目には遭っちゃいないさ。それがせめてもの救いだな」元店員は言った。

「悪魔のやつめ、おれの病気をもっと重くできるならやってみろってんだ」

まるでその言葉が悪魔の耳に届いたかのように、月が急にかげって真っ暗になった。寄せ波のとどろきが間近に迫って聞こえる。環礁に囲まれた海面が白濁して見える。間もなく突風とともに雨が激しく降りだし、三人の宿無しはよろよろと立ち上がった。熱帯地方での暮らしにはそうした天候の急変がつきものだ。シャワーを浴びているときのような、まともに息ができないほどの土砂降りが襲来する。世界が夜の闇と洪水で沈んでしまうのではないかと思うくらい、嵐は容赦なく猛威をふるう。

三人はいつもの避難所を目指して手探りで進んだ。荒れるにまかせた古い刑務所は、もはや彼らにとって我が家のような存在だ。ずぶ濡れになって、がらんとした監房にたどり着くと、そのまま冷たい珊瑚石の床に寝転がった。嵐が過ぎ去ったあとは、暗闇のなかに元店員の歯をがちがち鳴らす音が響いた。

「なあ、相棒たちよ」元店員は懇願口調で言った。「頼むから、おれにくっついて温めてくれ。でないとおれ、死んじまう！」

三人は濡れた身体を寄せ合った。寒さに震えながら、うとうとしたが、眠りに落ちかけたとたん元店員の咳でみじめな現実に引きずり戻された。朝が来るまで、ずっとその繰り返しだった。

第二章　海辺の朝——三通の手紙

雲はひとつ残らず吹き払われ、パペーテは南国の美しさに満ちあふれていた。堡礁《バリア・リーフ》で盛り上がる波の壁や、小さな浮島に生えたヤシの木が、すでにあたりを覆っている熱気の向こうにちらちらとゆらめいて見える。フランスの軍艦が、母国に向けて出航の準備に取りかかっていた。港からやや離れた場所に停泊し、荷積み作業で大わらわの様子だ。夜間に入港した一隻のスクーナーは、沖合へ移動していた。苦難の航海だったにちがいない。だいぶ傷んでいるうえ、疫病発生を示す黄色い旗をマストに掲げている。市場へ向かうカヌーの長い行列は、ちょうど海岸づたいに岬を回り込むところで、島民たちの色とりどりの服や山積みになった新鮮な果物が軍服の飾り帯のごとく華やかだった。だが、船乗りと現地の人間ならば胸を躍らせる美しい朝の光景にも、歓迎ムードあふれる港のにぎわいにも、寄る辺ない放浪者たちの心は沈んだままだった。三人は芯まで冷え切っていた。寝不足のせいで口のなかが酸っぱくなり、ひもじさのせいで足もとがふらついた。一列に並んで、怪我をした鵞鳥《がちょう》のようなおぼつかない足取りで、浜辺を黙ってとぼとぼと歩いていた。目指すのは町だった。煙が上がっているのは、幸せな連中が朝食を楽しんでいるしるしだ。町に入ると、三人は飢えた目であたりをきょろきょろ見回した。食べ物にありつくことしか頭になかった。

艤装の済んだ小型のみすぼらしいスクーナーが波止場に横づけされていて、岸とのあいだを行き来する厚い歩み板が渡してあった。前甲板の日よけの下で、乗組員とおぼしき五人のカナカ人（ハワイなど太平洋諸島のポリネシア系先住民）が揚げたバナナを盛った大皿のまわりに座り、ブリキのカップからコーヒーを飲んでいるところだった。

「八点鐘！　朝食だ！　作業やめ！」元船長が空《から》元気めいたはしゃぎ声で叫んだ。「諸君、余興に面白いものを見せてやろう。これが初披露だ。本物の舞台に立てば、大入り満員まちがいなしだろうよ」

元船長は草ぼうぼうの岸に置かれた歩み板まで近寄ると、船に背を向けて、陽気に口笛を吹き始めた。曲は〈アイルランドの洗濯女〉だ。その音色を聞くなり、カナカ人たちはあらかじめ打ち合わせてあったかのようにさっと顔を上げた。そして揚げバナナを持ったまま船べりに集まり、口をもぐもぐ動かしながら元船長の芸を眺めた。イギリスの街頭で、親方の指揮棒に合わせて踊る、ピレネー山脈から連れてこられた哀れな茶色い熊を連想させた。ただし、元船長のほうがうんと威勢がよくて器用で、自身の口笛に合わせて巧みにステップを踏んでいる。長く伸びた彼の影が草地の上を跳ねまわった。カナカ人たちは笑顔で見物している。ヘリックも飢えのあまり恥も見栄も忘れ、重たいまぶたを開いて仲間のダンスに見入った。そのとき、少し離れた脇のほうで、元店員がインフルエンザの激しい咳に襲われた。

元船長は初めて観客に気づいたとばかりに突然踊るのをやめた。夢中になって一人きりで楽しんでいた男の役柄を演じ、大げさに驚いてみせた。

「やあ！」元船長が挨拶した。

甲板からカナカ人たちが手を叩いて続きを促している。

「もう無理だ！」元船長は言う。「食い物がなけりゃ、踊りもなし。おわかりかな？」

「そりゃ気の毒に」船乗りの一人が返事をした。「食ってないのか？」

「ああ、そうだ！」と元船長。「たらふく食いたいのに、食う物がなにもないときてる」

「よっしゃ、まかせとけ」船乗りが言った。「こっちへ上がれや。コーヒーたくさんある。バナナたくさんある。そこにいる仲間も一緒に連れてくりゃいい」

「そいつはありがたい。すぐに行く」元船長と二人の仲間は急いで歩み板をのぼっていった。彼らは握手で迎えられ、さっそく大皿のそばに三人の座る場所が設けられた。朝食は歓迎の祝宴に変わり、細首の大瓶に入った濃厚な糖蜜がふるまわれた。船乗りの一人が船首楼甲板からアコーディオンを持ってきて、芸達者な元船長のかたわらにどうぞとばかりに置いた。

「あとでな」元船長はアコーディオンに軽く触れて言い、長い揚げバナナにかぶりついた。一本食べ終わったところで、コーヒーの入ったカップを掲げ、さっき会話を交わした船乗り代表に向かってうなずいた。「あんたこそは南太平洋の誉れだ。健康を祝して乾杯！」

放浪者たちは飢えた野良犬のようにがつがつ食い、温かい食べ物と飲み物を腹いっぱいに詰め込んだ。おかげで病気の元店員さえも元気が出て、目に輝きが戻った。やがてコーヒーの入っていたやかんも、揚げバナナが山盛りになっていた皿も空っぽになった。ポリネシア流の温かいもてなしで三人の食欲が満たされると、待ってましたとばかりに今度は島で収穫された葉煙草と巻紙代わりのパンダヌスの葉が差し出され、食後の一服とあいなった。全員が車座になって、インディアンの酋長よろしく煙草をぷかぷかふかし始めた。

「毎日朝めしを食えるやつには、そのありがたみがわからねえだろうな」元店員がぽつりと言う。

「次は晩めしをどうするかだ」ヘリックはそうつぶやいてから、しみじみと言い添えた。「ああ、カナカ人になれたらいいのに！」

「ひとつだけ、はっきりしたよ」と元船長。「自分は絶体絶命の窮地に立たされてるってことだ。こんなところで朽ち果てるなら、首をくくったほうがうんとましだ」捨て台詞のように言って、アコーディオンを手に取った。「〈埴生《はにゅう》の宿〉(十九世紀に作られたイギリスの歌)でも弾くか」

「やめてくれ、その曲は！」ヘリックは懇願した。「つらくて聴けない」

「気持ちはよくわかる。だが、恩を受けたからにはなにかやらなきゃならん。それが礼儀ってもんだろう、坊や？」元船長は甘いバリトンの声で、〝ジョン・ブラウンの死体は墓のなかで朽ち果てた〟と歌いながら、〈リパブリック讃歌〉（アメリカ南北戦争時代の流行歌）を演奏した。次は、〈キャロライン生まれのダンディ・ジム〉だった。さらに、〈ローリン・イン・ザ・ボールド〉、〈スウィング・ロウ・スウィート・チャリオット〉（十九世紀にアメリカで流行した黒人霊歌）、〈ザ・ビューティフル・ランド〉と続いた。受けた恩には、お釣りがくるほど丁重な返礼で応えるのが元船長の性分だ。これまでもずっとそうだった。食べ物を分けてもらうと必ず、いまと同様、音楽好きな島民のために音楽という通貨で代価を支払ってきたのである。

　元船長が不屈の根性で、〈内ポケットに十五ドルあったのに〉を歌っている最中、本音を言えば不本意ながらその仕事がいいかげんきつくなってきたとき、突然船乗りたちがざわつきだした。

「トム船長が来たぞ！」例のカナカ人代表が叫んだ。

　三人の放浪者は船乗りが指差すほうを向いた。すると、だぶだぶのズボンに白いジャンパーをはおった作業着姿の男が、中心街のほうからきびきびした足取りでやって来るのが見えた。

「あれがトム船長なのか？」宿無しの元船長が演奏を中断して訊いた。「知らない顔だな。ずいぶんとおっかなそうだ」

「とっととずらかろうぜ」元店員が言う。「面倒事はごめんだ」

「まあ、待て」楽器を抱えた元船長は慎重な面持ちで言った。「人は見かけによらないからな。ひとつ、試してみようじゃないか。音楽の力で凶暴な野獣をなだめることができるかどうか。

思わぬもうけものになるかもしれんぞ。船室でよく冷えたパンチを飲ませてもらえるとか」

「よく冷えたパンチ？　そいつはいいぜ！」元店員が歓声をあげる。「じゃ、あいつに楽しい音楽をしこたま聴かせてやってくれ。〈故郷の人々〉がいいんじゃないか？　ほら、スワニー河がどうとかいうやつ」

「それはだめだ。どうやらアメリカ人じゃなくて、スコットランド人らしい」元船長はあらんかぎりの力で、〈蛍の光〉を弾き始めた。

トム船長は相変わらずてきぱきとした動作で桟橋へ近づいてくる。揺れる歩み板をのぼっているあいだも、顎ひげをたくわえた顔は無表情のままだった。アコーディオン奏者のほうをちらとも見ない。

〝僕らは二人で小川を歩いて渡った
陽がのぼってから陽が沈むまで〟

歌はまだ続いていた。

トム船長は小脇に抱えていた包みを船室の屋根に置くと、いきなり部外者たちを振り返った。「おい、そこのやつら！」とどろくような声で言った。「さっさと船を降りろ！」

元店員とヘリックは命じられるまでもなく反射的に立ち上がって、歩み板のそばまで飛んでいった。一方、元船長はアコーディオンを甲板に放って悠然と腰を上げ、その場で仁王立ちになった。

「なんだ、その言いぐさは？　まったく礼儀作法がなっとらんな」元船長は言った。

「黙れ。へらず口をたたけるような身分か？」スコットランド人が言い返す。「三人とも、総督府に目をつけられてるって話だぞ。牢獄がどういうところか、たっぷり味わってくるがいい。とにかく、おまえらもここじゃもう長くはないってことだ。総督府のフランス人たちは波止場をうろつく放浪者を島から一掃する計画だからな」

「その前にきさまをこの船からおっぽり出してやる！」元船長は息巻いた。そのあとカナカ人の乗組員たちのほうを向いて、「あばよ、みんな！」と挨拶した。「あんたらは立派な紳士だよ！　そこのなまっちろい肌をした不潔なスコットランド人よりも、よっぽど後甲板（高級船員や士官の集まる場所）にふさわしい。うんと上等に見える」

　トム船長は軽蔑の表情を浮かべただけで、言い返そうとはしなかった。三人組が船を降りていくのを薄笑いで見送り、最後の一人が歩み板から足を下ろすと同時に乗組員のほうを振り返って、荷積み作業に取りかかれと命じた。

　放浪者たちは不名誉な退却を余儀なくされ、浜づたいに来た道を戻っていった。先頭のヘリックは頭に血がのぼって顔が赤黒く染まり、こみあげる激しい怒りで膝がわなわな震えていた。前夜に三人して凍えたのと同じプラオの木の下にたどり着くと、ヘリックは地面にくずおれ、砂に顔を押しつけて悔しげにうめいた。

「なにも言うな。ほっといてくれ。もう耐えられない」ヘリックは嘆いた。

ほかの二人は突っ立ったまま困惑してヘリックを見下ろした。

「こいつ、なにが耐えられないんだ?」元店員が言う。「朝めしはちゃんと食ったのに。ああ、うまかった。思い出して舌なめずりしてるぜ」

ヘリックは紅潮した顔を上げ、荒々しい目を向けた。「物乞いなんか二度といやだ!」金切り声で叫んで、再び砂の地面に突っ伏した。

「そろそろ年貢の納めどきかもしれんな」元船長は深々と息を吸った。

「もう降参すんのか?」元店員がせせら笑う。

「ヘリックはかなりまいってる。おまえも真実から目をそらすのはいいかげんやめるんだな」元船長は言った。「さてと」気を取り直したように少し軽い口調で続けた。「二人はここにいろ。わたしはアメリカ領事館へ行って、一肌脱いでくる」

元船長はくるりと背を向け、身体を左右に揺らす船乗り特有の歩き方でパペーテの中心街のほうへ去っていった。

およそ三十分後に彼が戻ってきたとき、元店員は木にもたれかかってうたた寝していた。ヘリックのほうは地面にうつ伏せになったままで、眠っているのか起きているのかわからなかった。

「おい、坊やたち！」元船長がうわべの愛情をこめて呼んだ。そういう態度はたまに痛々しく感じられることがある。「ひとつ提案があるんだが」そう言って、切手を貼った封筒に便箋、鉛筆を取り出した。三人分ある。「郵便船で故郷へ手紙を運んでもらえることになったぞ。書き終わったら、領事のところへ持っていけば、封筒に書いた住所へちゃんと届くよう取り計らってくれるそうだ」

「そうか、その手があったな」元店員が言った。「ちっとも思いつかなかったぜ」

「ゆうべ即席で作ったおとぎ話で、故郷へ帰るところを空想したろう？　あれのおかげだよ」と元船長。

「じゃ、あっちで書いてくる」元店員は言った。「恥ずかしがり屋なんでね」少し離れたカヌーの陰へ移動した。

　船長とヘリックはプラオの木の下に残って、手紙に取りかかった。だが一、二語書いては止まるか、まとまりのないことをぞんざいに書き散らすかのどちらかだった。とうとう詰まって手を休め、鉛筆の頭を噛みながら海のほうを見た。二人の視線は元店員に引き寄せられた。カヌーにもたれて、ときおり考え込んだり呟き込んだりしながら、便箋の上で鉛筆をすらすら動かしている。

「ぼくには無理だ」ヘリックがだしぬけに言った。「書く勇気がない」

「なあ、おい」元船長が珍しく真剣な口調で諭《さと》した。「確かにつらいだろうよ。嘘を書かなきゃならんのだから。だが神様はきっとわかってくださる。こうするのが正しいと。元気で幸せに暮らしてると書いたって、べつに損はないだろう？　送る金がなくて申し訳ないと一言添えりゃ、それでいいんだ。おまえさんは認めたくないようだが、この際はっきり言っておこう。わたしたちはもうろくでなしなんだ。失うものはなにもない」

「口で言うのは簡単だよ」ヘリックがやり返す。「あんただって、たいして書けてやしないじゃないか」

「それがおまえさんになんの関係がある？」元船長の声はささやき声よりわずかに大きい程度だったが、いきり立っているのがわかった。「わたしのことなどなにも知らんくせに。おまえさんも立派なバーク船（最後列ミズンマストのみ縦帆、ほかは横帆のマストが三本以上の帆船）の船長をまかされてみるがいい。ポートランドを出航してからというもの、自分の寝台でずっと酒を食らってた。マーシャル群島のエボン環礁付近で船が暗礁に衝突したときもな。そこで溺れ死んじまえばよかったものを、のこのこ甲板に出てって、酔っ払ったまま乗組員たちに誤った指示を出した。その結果、六人の命が犠牲になった。ああ、だからおまえさんの気持ちはよくわかるさ！　痛いほどな！」そのあと静かな口調に変わった。「これがわたしの過去だ。もうわかったろう？　女房や子供に顔向けできない理由が。男を五人と女を一人、殺してるんだからな。そうとも、船には女が乗ってた。だが男だろうと女だろうと、命を落としたってことに変わりはない。わたしのせいで地獄へ送り込まれたんだ。二度と家族のもとへ帰るつもりはない。女房は子供たちを連れて実家のあるイギリスへ戻った。いまどうしてるかは知らん」元船長はそうしめくくり、苦々しげに肩をすくめた。

「話してくれてありがとう、船長」ヘリックは言った。「いままで以上にあなたを好きになったよ」

二人は握手した。短くて力強い握手だった。互いに目をそらしたままだったが、それぞれの胸にいたわりの感情が湧いてきた。

「ようし、それじゃ、嘘八百を並べる仕事に戻ろうじゃないか！」元船長は気炎を上げた。

「父を安心させてやろうと思う」ヘリックはぎこちない笑みを浮かべて言った。「悪魔じゃなくて、天使になりきった気分で書くよ」

ヘリックが綴ったのは次のような文面だった。


エマ、本当は父に手紙を書くつもりだったが、すぐにやめて消したよ。きみ宛てのほうが書きやすいと思ってね。これは別れの挨拶だ。ぼくはきみにとってはなんの取り柄もない伴侶で、父にとっては役立たずの息子だったが、これが最後の便りになる。二度と会うことはないだろう。ぼくは人生に失敗した。どん底の状態で恥辱にまみれ、偽名を使っている始末だ。このことをきみから父にうまく伝えてもらえないだろうか。こうなったのは、すべてぼくのせいだ。自分自身が道を踏み誤りさえしなければ、いま頃はまっとうに暮らしていたかもしれないのに。だけどね、努力はしたんだ。ただ手をこまねいていたときみに思われるのはとても耐えられない。なぜなら、きみを心の底から愛しているから。どうかそれだけは信じてほしい。いままでずっと愛していた。きみを片時も忘れたことはなかった。でも、ぼくの愛がなんになるだろう？　ぼく自身にいったいなんの価値があるだろう？　まともな事務員を続けるだけの責任感も、家族を養うだけの甲斐性もなかった。そのせいできみを失うはめになってしまったが、きみのためにはそれでよかったんだと思っている。きみが父の家に初めて来たとき――あの頃が懐かしいよ――ぼくはきみにいいところを見せようと張り切った。いいところだけを見せようと。きみの手を取って、行かせまいとした日のことを覚えているかい？　川を行く艀《はしけ》をバタシー橋から一緒に眺めたね。あのときぼくはとりとめのない話をしている途中で、愛しているときみに告げた。あれが始まりだった。そして、これが終わりだ。この手紙を読み終えたら、ぼくの父や母やきょうだい、それから気の毒な伯父に、ぼくからの別れのキスを贈ってほしい。みんなにぼくのことは忘れるように言って、そのあときみ自身もぼくを忘れるんだ。心の扉に錠を下ろして、ぼくを閉め出してくれ。一人前の男を気取って、きみの愛を盗んだ哀れな亡霊のことなど、過去に葬り去ってしまえばいい。こうして便箋に向かっているあいだにも、自己嫌悪で押しつぶされそうになるよ。そんなぼくだが、こっちでは元気で幸せに暮らしていて、少しも不自由を感じていない。仕送りする金がないのは残念だけどね。もちろん、ぼくを哀れむ必要はないよ。ここは以前二人で夢見たような暖かくて美しい土地で、そばに友達もいる。こういう気候では生きていくだけなら簡単なんだ。気楽にやっていける。ただ、現金収入となると六ペンス稼ぐのさえ難しくてね。父にそう説明してもらえれば、わかってくれるだろう。伝えたいことは以上だ。気が進まない客のようにぐずぐずと書き続けるつもりはないから、そろそろ筆を置こう。みんなに神のご加護がありますように。最後にぼくを思い浮かべるなら、南国の風景を添えてほしい。明るい砂浜、真っ青な海と空、バリア・リーフの向こうで轟音をとどろかせる大波、海に点々と浮かぶ、ヤシの木が青々と茂った小島。ぼくは健康にたくましく生きている。ここでなら、病床できみたちに囲まれるよりも気持ちのいい死に方ができそうだ。そうとも、ぼくは死に向かっている。きみに最後のキスを。ろくでなしのぼくを許してくれ。そして忘れてほしい。

そこまで書いて、紙幅が尽きた。だが思い出はあとからあとからあふれて、ピアノを奏でた楽しい夕べが脳裏によみがえった。あのとき歌った愛の名曲に、二人して切なる思いを重ねた場面が。〝いつの日か、おお、奇跡よ！〟という歌詞を我知らず口ずさんだ。それだけで充分だった。彼の恋心に眠っていたその一節がぱっと目覚め、幸福な光景とハーモニーを鮮明に呼び起こした。エマの名前は耳にどれほど心地よく響いたことだろう。どこへ行っても、大自然の音すべてに彼女の名前が横溢していた。いずれ死が訪れ、土に還っても、エマの記憶は肉体の分子にとどまって彼を喜びに震わせ続けるだろう。


〝いつの日か、おお、奇跡よ！

ぼくの心臓の燃え尽きた灰から、一輪の花が咲き出でて――〟

（ベートーヴェン作曲、マティソン作詞〈アデライーデ〉）


ヘリックと元船長は、ほぼ同時に手紙を書き終えた。二人とも大きくため息をついた。目が合ったあと、互いに顔をそむけ、それぞれ便箋を封筒に入れて封をした。

「大ぼら吹いたよ」元船長がしゃがれ声でぶっきらぼうに言った。「取りかかったとたん、どんどん調子づいて」

「ぼくも同じだ」とヘリック。「書き始めたら、便箋が何枚あっても足りない勢いになったよ。まあ、この長さでも伝えるべきことは全部書けたけどね」

二人が住所を記入していると、元店員がカヌーのほうから悠長な足取りで戻ってきた。薄ら笑いを浮かべて手紙をくるくる回しながら、さも満足げな様子だ。

「親宛てじゃないのか？」元店員はヘリックの肩越しに封筒をのぞき込んで訊いた。

「住所は親の家だよ」とヘリックは答えた。「妻はぼくの父のところで暮らしてるんだ。ああ、そうか、きみがなにを言いたいのかわかった」さらに続けた。「ぼくの本名はヘリックなんだ。ヘイじゃない」ヘリックも元店員も同じ偽名を名乗っていたのだった。「今日からヘイの名はきみが使ってくれ」

「この期に及んで正々堂々と真っ向勝負ってわけか」元店員はげらげら笑った。「わかったよ。知りたきゃ教えてやる。おれの本名はヒュイッシュ。南太平洋じゃ、偽名を持つのが当たり前だけどな。三つも五つも持ってるやつだっている。船長みたいにな」

「ああ、そのとおりだ」元船長が答える。「バウディッチの実用航海書の表紙を破り取って、海へ投げ捨てて以来、本名は一度も使ってない。だが、坊やたちには教えてやろう。わたしの本名はジョン・デイヴィス。シー・レンジャー号のデイヴィス船長だ」

「おったまげた！」ヒュイッシュが驚きをあらわにした。「で、そいつはどんな船だ？　海賊船か奴隷船だろう？」

「シー・レンジャー号はメイン州ポートランドを母港とする俊足のバーク帆船だ」元船長は答えた。「あんなふうに失うくらいなら、横っ腹に穴をあけて沈めたほうがまだましだった」

「へえ、船をだめにしちまったのか」元店員は偉そうにからかい口調でつけ加えた。「ちゃんと保険はかけてあったんだろう？」

返事がなかったにもかかわらず、ヒュイッシュはまだ浮かれ調子で、話題を変えて会話を続けようとした。

「おれの手紙、読ませてやってもいいぜ。気分が乗ったときのおれときたら、作家顔負けだからな。こいつはまちがいなく傑作だ。ノーサンプトンで出会った酒場の女給宛てに書いた。ふるいつきたくなるようないい女でね。まったくいかしてたぜ。劇のなかの話みたいに、お互い一目惚れだった。彼女のために五ポンドは使ったかな。で、たまたま彼女の名前を思い出したんで、一筆したためたってわけだ。いまのおれは大金持ちだって伝えたよ。南の島の女王と結婚して、ばかでかい金ぴかのお城に住んでるってな。どうだい、豪華だろう？　最初のところだけ読んで聞かせてやるよ。おれがナポレオンみたいな帽子をかぶって、浅黒い顔の島民たちを前に堂々と議会の開会宣言をするんだ。すごく絵になる場面だぜ」

元船長は荒々しく立ち上がった。「わたしが必死に頭を下げて手に入れた便箋に、おまえはそんなくだらんことを書いたのか！」大声で怒鳴りつけた。

ヒュイッシュはそこで運よく——あとから振り返れば全員にとって不運だったわけだが——突然咳の発作に見舞われ、地面に倒れ伏した。病気でさえなければ、ほかの二人はヒュイッシュを見捨ててどこかへ行ってしまっただろう。それくらいはらわたが煮えくり返っていた。発作が鎮まると、元店員は落ちていた自分の手紙を拾い上げ、びりびりに破いたうえ踏んづけた。

「これで満足か？」ヒュイッシュはぶすっとして言った。

「ああ、申し分ないね」デイヴィスは答えた。

第三章　廃墟の刑務所——運命が扉を叩く

三人の宿無しが長いことねぐらにしている古い刑務所は、イギリス領事館のある小さな一画の、日陰になった西通りの突き当たりに位置していた。軒の低い角張った建物だ。四角い中庭は草が伸び放題に伸び、あちこちにごみや瓦礫《がれき》が散乱し、過去にここに住みついていた放浪者たちの痕跡も残っている。中庭に面して並んでいる七室ほどの監房には、かつて反乱を起こした捕鯨船の乗組員たちが押し込まれていたが、当時は厳重に施錠されていた扉もいまは壊されて雑草のなかで朽ちかけ、そこが囚人を収容する部屋だったことを物語るものはもはや窓にはまっている錆びた鉄格子しかない。

それらの監房のなかで、少しだけ掃除をしてある部屋が一室だけあった。ドアのそばに水がなみなみ入ったバケツ——それは三人の臆病な放浪者に残された唯一の家具だった——が置かれ、その脇にコップ代わりの半分に割ったココナッツの殻が転がっている。床に敷かれたぼろぼろの絨毯の隅で、ヒュイッシュが手足を投げ出し、口を開け、死人じみた顔で眠っていた。

熱帯地方の午後の陽光が、樹木の鮮やかな緑色を帯びて戸口や窓から射し込み、まるで薄暗い室内をこっそりうかがっているようだ。ヘリックはさっきから白珊瑚を固めた床の上を目的もなく歩きまわっていた。ときおりバケツの生温い水を手ですくって、顔や首筋を湿らせている。昨晩は一睡もできなかったうえ、朝になればスコットランド人の船長に侮辱されるわ、手紙のせいで悔恨の念に責めさいなまれるわで、精神的にすっかりまいっていた。張りつめた神経は苦痛と喜びの区別もつかなくなるほど憔悴し、時間の流れがただの点にしか感じられず、死のうが生きようがどうでもいい気分になっていた。そんなわけで、こうして檻《おり》に閉じ込められた獣のようにただ行ったり来たりしているのだった。思考と記憶からなる無限の連鎖で、頭がくらくらした。それでも歩きながら目で壁を撫で、そこに刻みつけられた過去の痕跡、いわば伝説を読み取っていった。ぼろぼろと崩れかけた白漆喰《しっくい》の表面は落書きの文字や絵に埋めつくされている。タヒチ人の名前、フランス人の名前、イギリス人の名前。帆を揚げて進む船や、殴り合う男たちを描いたぞんざいなスケッチもある。

ヘリックはなぜか、自分も人生の記念をこの壁に残しておかなければという思いに駆られた。立ち止まって、あいている壁を見つけて鉛筆を手にしたが、はたとそこで考え込んでしまった。虚栄心が胸の奥で目覚め、どうやっても押し戻せなくなった。もっとも、その心情を虚栄心と呼んでは気の毒だろう。自らの気持ちを鼓舞する自分自身の存在感、あるいは自意識という程度のものだから。わずかに残された生きている感覚。その小さなきらめきに、彼は指一本でかろうじてしがみついていた。緊張が極限状態に達し、心理的に追い詰められたいま、迫りくる変化の強い予感がふつふつと沸き起こった。良い変化なのか悪い変化なのかはわからない。だが、なにかが変わろうとしているのは確かだ。姿をベールで隠した正体不明のものが、音もなく忍び寄ってくる。そう考えていると、目の前に演奏会の光景が浮かんだ。楽器の豊かな音色、静まり返った客席、響き渡る荘厳な音楽。ベートーヴェンの交響曲第五番だ。〝かくして運命は扉を叩く〟とヘリックはつぶやいて、曲中の有名な楽節を壁の漆喰に書きつけた。「よし、これで人々に、ぼくがクラシック音楽を愛してやまなかったことを知ってもらえる」そう思ったあと、考えにふけった。ところで、〝人々〟とは誰だ？　複数じゃなくて、たぶん一人きりだろうな。同じ趣味を持つ未知の誰かが、いつかここへ来て、ぼくの嘆きの記録を読んでくれるかもしれない。どうかその人物もラテン語がわかりますように！　ヘリックは祈りながらラテン語で次のように書き加えた。〝terque quaterque beati Queis ante ora patrum.〟（父親に見守られて滅びし者たちよ、わたしよりもはるかに幸せである）（ウェルギリウスの『アエネーイス』より）

それからまた落ち着きなく歩きだしたが、今度は義務を果たしたという理屈に合わない安堵感をおぼえていた。その日の朝に自分の墓穴を掘り、たったいま墓碑銘も彫り終えた。古代ローマ人なら純白のトーガをきれいに襞《ひだ》をそろえて身につけた気分だろう。やるべきことはもうあとわずかで、しかも些細なことしか残っていない。にもかかわらず、なぜそれを先延ばしにするのか？　ヘリックは足を止め、眠っているヒュイッシュをしばらく見つめた。人生に対する幻滅と嫌悪感が口のなかに広がっていく。品がなく醜いヒュイッシュの顔に、ヘリックは吐き気をもよおした。なぜこんなことをいつまでも続けるんだ？　いったいなにに縛られているんだ？　自分には選ぶ権利がまったくないのか？　退役も休暇も許されず、過酷な仕打ちを耐え忍び、ひたすら進み続けることしかできないのか？　“Ich trage unerträgliches”（ぼくは耐えがたきものを背負わねばならない）という詩の一節（シューベルト作曲『白鳥の歌』第八番の歌詞として知られるハイネの詩『アトラス』より）が思い浮かんだ。初めから終わりまで暗唱して、これぞ詩のなかの詩と言うべき完成度の高さにあらためて感銘を受けた。なかでも、“Du, stolzes Herz, du hast es ja gewollt”（誇り高き心よ、おまえがそれを望んだのだ）という部分は胸に深く突き刺さった。自尊心をいったいどこへやってしまったんだと自問し、おのれに対する憤りといらだちに悶々《もんもん》とした。そして、うずく歯を食いしばるような、自虐的ともいえる快感に陶然とした。「ぼくには自尊心がない。思いやりがない。勇気がない」と情けなく思った。「それなら、屈辱の人生をいたずらに長引かせるより、潔く絞首刑になったほうがましじゃないか？　なぜもっと早く決着をつけなかったんだ？　誇りもない、能力もない、腕力もない。悪党にさえなりきれない！　ここでじっとして、餓死するのを待つしかないとは。しかもこんな——地獄の番犬みたいなやつと一緒に！」仲間への怒りが洪水のごとく押し寄せ、ヘリックは拳を震わせながら、いぎたなく眠り込んでいるヒュイッシュをにらみつけた。

そのとき、誰かが足早に近づいてくる音が聞こえた。監房の入口に現われたのはデイヴィスだった。紅潮した顔で息をはずませ、嬉しさのあまりぽかんとした表情になっている。パンの塊とビール数本を腕いっぱいに抱えて、上着のポケットも葉巻ではち切れんばかりだ。それらの宝物を床に無造作に置くと、元船長はヘリックの身体を両手でつかみ、からからと笑った。

「栓を抜いてくれ！」デイヴィスは威勢よく声を張り上げる。「ビールだ！　ビールだ！　やっほう！」

「ビールだって？」ヒュイッシュが鸚鵡《おうむ》返しに訊いて、よろよろと起き上がった。

「そうとも、ビールだよ！」デイヴィスが叫んだ。「たんとあるぞ。ライオン歯磨き粉（アメリカのイズリアル・ホイットニー・ライオン博士が一八六六年に考案したタブレット型の歯磨き剤）みたいに、大勢いても全員にちゃんと行きわたる。さあ、誰が栓を抜いてくれるんだ？」

「おれにまかせろ」ヒュイッシュがその役目を買って出て、ビール瓶の首を小石くらいの珊瑚で次々に叩き割っていった。三人はぎざぎざになった瓶の口からビールを続けざまにあおった。

「葉巻もあるぞ。遠慮なくやってくれ」とデイヴィス。「全部つけで買った」

「どういうことだい？」ヘリックが訊いた。

　元船長は急にいかめしい顔つきになった。「それはこれから話す。ここでヘリックと一対一でな。おい、ヘイ――じゃなかった、ヒュイッシュか。とにかく、ちょっとはずしてくれ。葉巻とビールを持って、プラオの木のそばで風に当たってくるといい。話が済んだら呼ぶ」

「おれだけ仲間はずれかよ。あんまりいい気持ちはしないな」ヒュイッシュが不平を唱える。

「いいか、坊や」デイヴィス元船長は言った。「これは仕事の話なんだ。おまえのせいでしくじるわけにはいかん。ごねたきゃ勝手にごねてろ。どうせ厄介事を引き起こすに決まってるんだから、おまえは一人で留守番だ。わたしとヘリックだけで行けば、三人ともビールにありつける。簡単な道理だろう。わかったか？」

「ああ、余計な口出しをする気はねえよ」ヒュイッシュが言い返す。「ここは黙って引き下がってやる。そこの水っぽい安ビールをくれ。二人きりでぺちゃくちゃぺちゃくちゃ気が済むまでしゃべってりゃいいさ。友達甲斐のないやり方だとは思うけどな。言いたいのはそれだけだ」ヒュイッシュはおぼつかない足取りで、かんかん照りの外へ出ていった。

ヒュイッシュの姿が中庭の向こうへ消えるのを見届けてから、デイヴィスはヘリックのほうを振り返った。

「どういう仕事だい？」ヘリックが警戒した口調で訊く。

「詳しく説明する」デイヴィスは答えた。「おまえさんの意見を聞かせてもらいたい。やっとツキが回ってきたんだよ。ん？　そいつはなんだ？」デイヴィスは素っ頓狂な声を出して、壁に書いてある音符を指差した。

「え？　ああ、あれか！　楽譜だよ。ぼくがさっき書いた。ベートーヴェンが作った交響曲の有名な旋律なんだ。〝かくして運命は扉を叩く〟という主題を表現するところさ」

「ほう」デイヴィスは落ち着いた声に戻って壁に近づき、その箇所をしげしげと眺めた。「横に書いてあるのはフランス語か？」ラテン語を指して訊いた。

「簡単に言うと、〝家で死ねたら、もっと幸せだったのに〟って意味だ」ヘリックはもどかしげに答えた。「それがどうかしたのかい？」

「運命は扉を叩く、か」と繰り返してから、元船長は肩越しにヘリックを振り返った。「実はな、まさにそれが起こったんだよ、ミスター・ヘリック」

「どういう意味かわからないよ。早く話してくれ」ヘリックは促した。

だがデイヴィスはまだ壁の楽譜を見つめている。「これを書いてから、どのくらい時間が経った？」

「どうしてそんなことを訊くんだい？」ヘリックはいらいらしながら言った。「せいぜい三十分くらいだが」

「おお、神よ！　なんという不思議なめぐりあわせ！」デイヴィスは叫んだ。「ただの偶然だと言うやつもいるだろうが、わたしはちがう。わたしならこれを――」音符を太い指でなぞりながら言った。「天の配剤と呼ぶ」

「さっき、ツキが回ってきたと言ったね」とヘリック。

「イエス、サー！」元船長はくるりと振り返って、仲間と正面から向き合った。「おまえさんがわたしの見込んだとおりの男なら、勝機は充分ある」

「あなたがぼくをどう見込んでるかは知らないが」ヘリックは言った。「期待をひどく裏切るようなことはないと思うよ」

「握手しよう、ミスター・ヘリック」元船長は手を差し出した。「おまえさんのことはよくわかってる。礼儀正しくて気骨のある紳士だとな。だがあそこの木の下で座ってるぐうたら野郎の耳には入れたくない。理由は言わなくてもわかるはずだ。もちろんおまえさんには洗いざらい打ち明ける。実はな、船を手に入れたんだよ」

「船だって？」ヘリックは驚いた。「どんな船だい？」

「今朝、沖合で停泊してたスクーナーだ」

「疫病発生の旗を立ててたやつか？」

「そうとも、あの帆船だ」デイヴィスは答えた。「ファラローン号といって、積載量は百六十トン。シャンパンを積んで、アメリカのサンフランシスコからシドニーへ向かってた。ところが、途中で船長と航海士、それから乗組員一名が天然痘で死んじまった。ツアモツ諸島を経由した船はみんな同じ憂き目に遭ってる。ファラローン号では白人は船長と航海士だけで、乗組員は皆カナカ人だった――クリスチャン港から乗り込んできたおかしな連中だ。そのうち生き残ったのはコックを含めて四人。どうして助かったのかは知らん。考えたくもない。どこでなにをしてたのやら。船長閣下はおおかた酔っ払って操船してたんだろうが、それでもいるだけましだった。船長と航海士が死んだあとは、迷子も同然のカナカ人ばかり。森のなかをさまよう赤ん坊みたいに海を漂流したあげく、どうにかこうにかタヒチの港へたどり着いた。そんなわけで、あの船は領事の管轄下に置かれることになった。例のウィリアムズに船長を引き受けないかと持ちかけたが、天然痘にやられた船なんかまっぴらごめんだと断られた。そこへちょうど便箋をもらいに行ったわたしが登場したわけだ。領事にもう一度来てくれと言われたとき、なにかあるなと思ったよ。がっかりさせるといけないから、おまえさんたちには黙ってたがな。領事はウィリアムズのあとマクニールにあたったが、やっぱり天然痘に恐れをなしてうんと言ってもらえなかった。コルシカ島出身のカピラーティや、ルブリューとかいうやつも然《しか》り。みんな命が惜しくてたまらんとみえる。で、ほかに誰もいなくなって、ようやくこっちにお鉢が回ってきたわけだ。『ブラウン、きみが船長になって、あの船をシドニーまで届けてくれんだろうか？』と領事に言われ、わたしはこう答えた。『条件によりますね。航海士はわたしに決めさせてもらいます。あと、白人の乗組員が一人必要です。カナカ人の船乗りばかりじゃ、手に負えませんからね。それから、服や装具を質屋から請け出さないといけないんで、二カ月分の賃金を前払いしてください。そうしてもらえりゃあ、今夜にも荷積みに取りかかって食料やら水やらを補充し、明日暗くなる前に出航してみせますよ！』そうしたら領事は、『いいだろう、条件をのむ』とのたまった。そのあとで、なんだか意味深長な言い方で、『ブラウンよ、きみも悪運の強いやつだな』とつけ加えたが。ともかく、話はまとまった。ヒュイッシュを船員として乗せ、船首楼に張りつかせるつもりだ。もちろん寝床は船尾だがな。そして、おまえさんは月給七十五ドルの航海士だ。賃金は二カ月分を前払いする」

「ぼくが航海士？　待ってくれよ。海を全然知らない陸《おか》の男なんだぞ！」ヘリックは慌てふためいた。

「だから覚えることがわんさとあるだろうな」デイヴィスは言った。「自分だけ船長を引き受けて、おまえさんたち仲間を砂浜でおっ死《ち》ぬにまかせておけるか？　見損なっちゃ困る。わたしはそんな男じゃない。それに、おまえさんはなにかと役立ってくれそうだ。もっとひどいのと航海したこともあるから、ちっとも心配してない」

「こんなありがたい話、断ったら罰が当たるよ。あなたに心から感謝したい」

「よし、じゃあ決まりだ」デイヴィスは言った。「ただし、話はこれで終わりじゃない」元船長は横を向いて、葉巻に火をつけた。

「まだほかにあるのか？」突如、ヘリックは言い知れぬ不安にとらわれた。

「うむ、実はだな」デイヴィスはそう答えてから少し間を置いた。「いいか」葉巻を親指と人差し指で持ったまま切り出す。「今回の仕事がどのくらい金になるか考えてみろ。まだぴんと来ないか？　前払いで二カ月分の給料が入っても、みじめな暮らしとおさらばできるわけじゃない。まず借金取りどもが黙っちゃいないだろうしな。シドニーへ到着するのにだいたい二カ月はかかるし、はっきり言っとくと、向こうに着いたって万事解決ってことにはならん。パペーテもシドニーも似たようなもんだ」

「とりあえず、浜辺の暮らしからは脱け出せるじゃないか」とヘリック。

「シドニーにも浜辺はあるぞ」元船長がすかさず指摘した。「ミスター・ヘリック、これだけは言っておこう。わたしは任務をまっとうするつもりはない。絶対に願い下げだ！　シドニーの港を拝むことはないだろうよ」

「わかりやすく話してくれ」ヘリックは言った。

「じゃあ、単刀直入に言うぞ。あのスクーナーを横取りするつもりだ。べつに珍しいことじゃない。太平洋では毎年どこかで起きてる。ついこのあいだも、スティーヴンズってやつがスクーナーを一隻盗んだばかりだ。ヘイズとピーズの連中もしょっちゅうやってる。われわれのような人間にはそれしか成功の道がないんだよ。それに——積荷のことを考えてみろ。シャンパンだぞ！　願ったりかなったりじゃないか。ペルーへ行って、埠頭の突堤で売り飛ばせばいい。ついでにスクーナーも売っ払おう。買ってくれる間抜けが見つかればの話だがな。そのあとは鉱山にでも逃げ込むさ。おまえさんが協力してくれるなら、この計画を命がけでやり遂げるつもりだ」

「船長」ヘリックはおびえた声で言った。「だめだよ、そんなことは！」

「手段を選んでいるいとまはない」デイヴィスが言い返す。「いましかないんだ。こんなチャンスは二度と手に入らんぞ。ヘリック、うんと言ってくれ。わたしに協力すると誓ってくれ。お互い、これまでさんざんひもじい思いをしてきたじゃないか。もう限界だ」

「ぼくにはできない。すまないが、どうしてもできないんだ。まだそこまで性根は腐ってない」ヘリックは真っ青になった。

「自分が今朝なんて言ったか思い出してみろ」デイヴィスが諭す。「物乞いは二度といやなんだろう？　物乞いか、わたしの計画か、選択肢は二つしかないんだよ、坊や」

「だけど、失敗したら監獄行きだ！」ヘリックは叫んだ。「罪を犯したくない。そそのかすのはやめてくれ」

「朝めしを食わせてもらったスクーナーで船長がほざいたこと、忘れちゃいないだろうな？」デイヴィスは食い下がった。「あれは事実だ。フランスの総督府はこれ以上われわれをほっといちゃくれない。もうじき放浪者狩りが始まる。三人とも目をつけられてるってことだから、どうあがこうが、まちがいなく三週間以内に監獄行きだ。会ったとき、領事の顔にはっきりそう書いてあった」

「思いとどまってくれ」ヘリックは必死に止めた。「ほかに方法があるはずだ。悪事に手を染めるくらいなら死にたい。よくよく考えれば、三年前に死ぬべきだった」

元船長は腕組みをして、相手の顔をまっすぐ見つめた。「そうか」一拍置いて続ける。「そうだよな。おまえさんは自分の喉をかっ切れば済む。やるべきことがはっきりしてる。死ねば万々歳だろうよ！　だがわたしはどうすればいいんだ？」

するとヘリックの顔が奇妙な興奮で輝いた。「二人で一緒にってのはどうだ？　心中するんだよ。腹をくくれば、あなただってできる。この世にもう心残りはないだろう？　さあ」ヘリックはおずおずと手を差し出した。「珊瑚礁の海なら、ちょっともがくだけですぐに溺れて――安らぎの世界へ旅立てる！」

「おい、ヘリック、聖書にはおまえさんのような弱虫を追い払うのにぴったりの言葉があるぞ。主イエス・キリストも同じようにお答えになった。〝サタン、引き下がれ！（新約聖書『マタイによる福音書』十六章二十三節）〟とな」元船長は続けた。「冗談じゃない。自分から溺れ死ぬなんてことができるか。子供たちが飢えたらどうする？　心残りはないだと？　あるに決まってるだろう！　だからこんないやな仕事をやろうとしてるんじゃないか。ここで牢獄へぶち込まれるよりはましだ。わたしにはな、子供が三人いるんだよ。男の子が二人に、女の子が一人。女の子はアダルって名前だ。おまえさんは人の親じゃないから、こういう気持ちはわからんだろうよ。それでもな、ヘリック、わたしはおまえさんのことが大好きだ」堰《せき》を切ったように感情があふれ出た。「初めのうちは気に入らなかった。いかにもイギリス人って感じの、上流階級ぶった気取り屋に思えたんでな。それがいまは愛情を注ぐまでになってる。おまえさんはわたしにとって、一緒に力を合わせて苦難に立ち向かいたいと願う唯一の男だ。道連れがあそこにいる怠け者だけなら、航海には出られん。うまく行きっこないからな。おまえさんに自殺されれば、わたしの最後のチャンスもふいになるってことだ。みじめなろくでなしの中年男が、愛する家族を養うために一儲けするチャンスは、おまえさんの命と一緒に海の藻屑と消えちまう。なあ、せっかくつかんだチャンスなんだぞ。それでもわたしを裏切るのか？　無念だよ。おまえさんにも家族がいれば、きっと理解してもらえただろうに！」

「家族なら、ぼくにもいる」とヘリックは言った。

「ああ、知ってるさ。だがな、男にとって自分の子供を授かるまでは家族を持ったことにはならん。肝心なのは子供なんだよ。おちびさんってのは特別でね……いや、いまは我が子の話はよそう。とにかく、おまえさんがわたしの親心ってもんを、あるいは、今朝手紙を書いてた愛しい女性のことをほんの少しでも考えたら、きっとわたしと同じ気持ちになるはずだ。むろん、こう言いたいだろうよ。法を犯していいのか、神の教えに背くのかと。だが、これはもっと差し迫った問題なんだ。妻や子供が飢えてりゃ、なんとかしてパンを手に入れてやるのが当然じゃないか。同じ立場になれば、おまえさんだってきっとこう言うさ。自分の家族を裕福にしてやれるなら、ロンドンを焼け野原にするのもいとわないとな。顔を見ればわかるんだよ。いまこの瞬間、おまえさんが内心でそう叫んでるのが。まだあるぞ。おまえさんがなにを考えてるのか当ててやろう。自分が飢えるはめになったのはこういうつまらない男の友情のせいだ、かつて愛した女ともいま思えば貧弱な結びつきで、大半の男にとっては大瓶のウイスキーを目の前にぶら下げられた程度の魅力しかない。どうだ、図星だろう。ま、どっちみち、そういう愛にロマンはあんまりないがな。賛美歌集に書いてあるような崇高なものとはちがう。とにかく、おまえさんの心のなかは印刷した文字みたいに読めるんだから、これ以上くどくど言う必要はないわな。あらためて訊こう。おまえさんは必死で助けを求めてるわたしを足蹴にするつもりか？　わたしがおまえさんを見捨てたことは一度もなかったはずだがな。わたしに手を差し伸べて、新しいチャンスに挑戦し、故郷に錦を飾ろうという気はないのか？　返事がノーなら、神よ、わたしを哀れみたまえと言うほかない。イエスなら、うちの子供たちを毎晩ひざまずかせて、おまえさんのために祈らせよう。一人ずつ順番に、ヘリックさんに神の祝福がありますようにってな。その光景が目に浮かぶよ。女房はベッドの裾に腰かけて付き添ってる。愛しい無垢な天使たちは……」途中で言葉が途切れた。「子供たちの話はめったにしないんだが、こうやって気持ちが萎《な》えると、つい……」

「船長」ヘリックは蚊の鳴くような声で訊いた。「どうしても別の手段はないのか？」

「お望みならば、予言してみせよう」再び気迫に満ちた声でデイヴィスは言った。「正直者だとうぬぼれて、きれいごと言いたさにわたしの頼みを拒んでも、おまえさんはひと月もしないうちにこそ泥の罪で刑務所行きだ。ああ、まちがいない。わたしにはおまえさんに見えないものが見えるんだよ、ヘリック。おまえさんが屈服するのは時間の問題だ。この話を断りさえすれば、これから先ずっと神の教えに忠実でいられると思ったら、大まちがいだからな。おまえさんはもうあとがない状態だ。自分がどこにいるのかわからんまま、気がつけば運が尽きてるだろうよ。この島で果てるか、ニューカレドニア（当時フランスの流刑地だった島。中心地はヌーメア）で果てるかしかない。あの島へは行ったことがないだろうから、教えてやる。向こうにも麦わら帽子に薄汚れた服の酔いどれ白人どもがうようよしてるぞ。ヌーメアの町で街灯の下にたむろする虫けらどもがな。

狼みたいなやつ、伝道者みたいなやつ、病人みたいなやつ、いろいろだ。あいつらに比べりゃ、ヒュイッシュさえデイジーの花みたいに清らかに見えるってもんよ。あの島へ送られたところで、待ってるのはそういう連中だ。それがおまえさんの新しい仲間なんだよ。そしてヘリック、おまえさんはそういう土地へ行くことになる。それがわたしの予言だ」

大柄なデイヴィスが全身に力をみなぎらせると、その堂々たる立ち姿は神のお告げをもたらした本物の託宣者めいて見え、いまの予言がいっそうもっともらしく聞こえた。彼を見つめていたヘリックは、さっと目をそらした。熱弁をふるう煽動者を偵察しているような行儀の悪い行為に感じられたのだ。それに、自分の内面で勇気がみるみるうちにしぼんでいくのがわかった。

「故郷へ帰るっていう話はどうなったんだい?」ヘリックは反論した。「あなたの計画じゃ、ぼくらは二度と母国の土を踏めないことになる」

「踏めるさ」元船長は答えた。「ブラウン船長と、あいつの船に乗る航海士のミスター・ヘイは無理だがな。故郷への帰還を果たすのはデイヴィス船長とミスター・ヘリックだ。わかったか、とんちきめ」

「だけどヘイ組には手つかずの自然に囲まれたこの島がある。それも、彼らにとって住み慣れた土地が」反論の勢いはさっきよりも衰えている。

「おまえさんとわたしにだって、手つかずの自然に囲まれたペルーって土地があるだろう」デイヴィスが言い返す。「ペルーってのは、つい昨年の話じゃ、スティーヴンズにとって天然資源の宝庫だった。われわれにとっても、そうに決まってる」

「ほかの乗組員は？」

「全員カナカ人だ。さあ、決断しろ。おまえさんはわたしの見込んだ男だ。絶対にうまくやれる」元船長は再び握手の手を差し出した。

「わかった。好きなようにやってくれ」ヘリックは答えた。「あなたに協力するよ。神の子としては複雑な心境だが、とにかく役に立てるよう努める」

「神の祝福があらんことを！」デイヴィスは声を張り上げて言い、しばらく押し黙った。それから、「ヘリック」と笑みを浮かべて続けた。「おまえさんにノーと言われてたら、この場でくたばっちまっただろうよ！」

　そうかもしれないと半ば信じた顔つきで、ヘリックが元船長の顔を見る。

「さて、話は終わりにして、怠け者のところへ行くとするか」デイヴィスが言った。

「彼も引き受けるだろうか？」

　ヘリックの言葉に元船長はこう答えた。「やつのことだ、喜んで飛びつくに決まってるさ！」

第四章　黄色い旗

スクーナー帆船ファラローン号は、海峡の細い出入口に置き去りにされたような恰好で停泊していた。伝染病を恐れた水先案内人は、帆船が投錨したあとさっさと逃げたようだ。浜辺から眺めると、まばらな船舶のあいだに、海原を背景にした二つのものが輪郭をくっきりと浮かび上がらせている。ひとつは小島で、ヤシの木だけでなく大砲と砲台を背負っている。四十年前にポマレ女王が首都防衛のために配備したものだ。もうひとつが、見捨てられたファラローン号である。港から遠ざけられ、湾と外洋の境目あたりに浮いているため、排水口が海面に接しそうなほど大きく横揺れし、そのたびに疫病発生を示す黄色い旗がひるがえる。海鳥が数羽、船のまわりで甲高く鳴き騒ぎ、その射程距離内では武装した海軍の巡視艇が、甲板の銃を陽光にきらめかせながら尻込みするように近づいたり離れたりを繰り返している。燦々《さんさん》と輝く太陽と熱帯地方のまばゆい空は際立った色彩を放ち、まるで額縁におさめられた絵画のようだ。

午後三時少し前、港の医師が舵をとるこぎれいなボートが、軍服姿の島民たちを漕ぎ手に岸を離れた。快調に進んで、スクーナーへぐんぐん近づいていく。ボートの艇首座には小麦粉、たまねぎ、じゃがいもなどの袋が山と積まれている。その隙間に腰を下ろしているのが、前檣《ぜんしょう》を受け持つ平水夫の服を着たヒュイッシュだった。各人の持ち物が入ったチェストや箱を大量に積んでいるせいだろう、島民たちは漕ぎにくそうにしていて、動作がどこかぎこちない。船尾で舵をとる医師の左側に、ヘリックが座っている。真新しい海員服に身を包み、褐色の顎ひげはさっぱりと細く刈り込んでいる。膝の上に積み重ねてある本はすべて小説だ。ほかには経度測定に使う高精度のクロノメーターを膝のあいだに大事そうにはさんでいる。ファラローン号にもとから備えてあったものはとっくに壊れて役に立たなくなっているため、取り換える必要があった。

巡視艇の横を通り過ぎるとき、向こうの甲板長と互いに大声で挨拶を交わした。それから間もなく、立ち入り禁止の帆船に接近した。あたりはしんとして、ボートに乗っている者は誰も口をきかない。大きくうねる外洋が目の前に迫っている。スクーナーの停泊位置から環礁は目と鼻の先なので、ひっきりなしに打ち寄せる波が鬨《とき》の声をあげるがごとく帆船をやかましく取り巻いている。

「おーい、スクーナー！」医師が朗々とした声で呼びかけた。

即座に甲板室の扉が開き、食料の備蓄と一緒に閉じこもっていた者たちが姿を現わした。先頭はデイヴィスだった。続いて、ぼろを着た浅黒い肌の船乗り。

「ミスター・ヘイ、いるか？」新船長は船べりから身を乗り出してヘリックを呼んだ。「舵取りのお医者さんに、舷側《げんそく》に横付けするよう伝えてくれ。ボートを生卵だと思って慎重にやったほうがいいぞ。このへんの海は波が荒いから、衝突したら粉々に砕けちまう」

さっきから波にもまれ続けていた帆船だが、その動きが一段と激しくなった。遠洋航海の汽船と同じくらい高々と持ち上げられ、船底に張ってある銅板がちらりと見えたかと思うと、次の瞬間にはボートのほうへ大きく傾《かし》いで、排水口をごぼごぼいわせた。

「きみたち、足腰は丈夫だろうね？　揺れる船内でもよろけずに歩く能力が必要だぞ」医師が重々しく言った。

もっともな意見だった。ここは吹きさらしの海上だ。ファラローン号に乗り移るには隙のない敏捷さが求められる。重要度の低い物資は、巻き揚げ機で手早く手荒く積み込まれた。クロノメーターは何度か試みてうまくいかなかったので、手から手へ受け渡され、無事に帆船へ移された。最後に残ったのは、ヒュイッシュを運び込むという厄介な作業だった。なくてはならない貴重な人員だとデイヴィスが領事に説明し、熟練船員として十八ドルの給料で雇い入れられたが、実際にはお荷物でしかないこの怠け者も、なんとか無傷で乗船させることができた。すべての作業が終わると、医師はていねいに挨拶してボートを帆船から離した。

三人の冒険者たちは互いに顔を見合わせた。デイヴィスが大きく安堵のため息をついた。

「さてと、まずはクロノメーターの取り付けからだな」デイヴィスはそう言って仲間を船室へ案内した。そこは広々とした空間だった。二つの個室とかなり大きな食料貯蔵室が主船室につながっている。隔壁は白く塗られ、床には蠟《ろう》引きした防水布が敷きつめられていた。塵ひとつないが、生命の気配もまったく感じられない。死者たちの私物はすべて消毒されたうえ、陸へ運び出されていた。残っているものといえば、テーブルに置かれた小皿と、そこに入っている硫黄を含む物体の燃えかすだけ。室内に足を踏み入れた瞬間、その臭気で三人とも咳き込んだ。デイヴィスが右舷側の個室をのぞくと、作りつけの寝台の上に丸めたシーツが置きっぱなしで、毛布も無残な遺体から引きはがしたときのまま、めくれ上がっていた。

「なんてこった！　こういう物は残らず海へ捨てろと乗組員どもに言っといたんだがな。怖くてさわれなかったわけか。室内はきれいに洗い流してあるようだ。まあ、いいだろう。ヒュイッシュ、この毛布やなにかを処分しろ」

「ずいぶんと偉そうじゃないか。あんたがやればいいだろう？」ヒュイッシュはあとずさりした。

「なんだと？」デイヴィスがどすの利いた声ですごむ。「おい、若造、この際はっきり言っておく。船長はわたしだ」

「それがどうしたってんだよ」元店員は言い返した。

「ほう、まだよくわかってないようだな」とデイヴィス。「じゃあ、船首のほうでカナカ人にまじって寝ろ。さっさと船室から出ていけ！」

「そりゃないぜ！」ヒュイッシュが叫ぶ。「真に受けることないだろう？　ただの冗談だって。ちゃんとわかってるさ」

「そうか。だが念の為、おまえの仕事についてもう一度説明しておこう。これが最後だから、よく聞けよ。そうすれば、冗談なんぞ言ってる場合じゃないってことがわかるだろう」デイヴィスは続けた。「船長はわたしだ。船長としてやるべきことをやる。おまえが頭に叩き込んでおくべきことは三つ。その一、船室係として船長の命令に服従しろ。ただでさえ足手まといなんだから、四の五の言わず働け。その二、逆らった場合は船首へ送り込む。口答えすれば即座にだ。その三、どうしても手に負えなくなったら、陸へ送り返す。軍艦に合図を送って、反乱罪で逮捕してもらう」

「その掟には秘密はしゃべるなってのも入るんだろう？　言われなくてもわかってるさ。おれはそんなことしねえよ」ヒュイッシュはからかい口調で言った。

「おまえの話など誰が信じる？」とデイヴィス。「そんなやつはただの一人もいないさ。わたしが指揮権を握ってるあいだは、冗談や戯言《たわごと》はご法度《はっと》だ。わかったな？　以上！　さっさと毛布を始末しろ」

ヒュイッシュは自分の敗北を悟る程度には利口だった。それに臆病者でもなかったから、すぐさま寝台に近寄ると、汚染されたシーツと毛布を躊躇なく抱え上げ、落ち着き払った態度で一度も立ち止まらずに甲板へ出ていった。

「いずれちゃんと思い知らせるつもりだったから、いい機会だ」デイヴィスは残ったヘリックに言った。「おまえさんには必要ないだろう。言わなくてもわかってるはずだから」

「ここを寝床にするのかい？」ヘリックは船長のあとから室内へ入ると、枕元にクロノメーターを取り付け始めたデイヴィスに訊いた。

「まさか！」デイヴィスは答えた。「甲板に出て寝るよ。怖気づいたってわけじゃないんだが、天然痘とわざわざ仲良くすることはないと思ってな」

「同感。ぼくも病気を怖がってるつもりはないけど、死んだ船長と航海士のことがどうしても頭にちらつくんだ。二人はこの部屋と反対側の部屋でそれぞれ死んだ。考えるだけで、ぞっとするよ。死ぬ間際になんて言ったんだろうね？」

「ワイズマンとウィシャートが？」とデイヴィス。「たぶん、どうでもいいことしか言ってないだろう。本人の心づもりと現実とはちがうからな。ワイズマン船長の最期の言葉は、〝なんだかジンをしこたま飲んだときみたいだな。頭がくらくらする！〟で、ウィシャート航海士のほうは、〝まいったな！〟ってところじゃないか？」

「それでもぞっとする」とヘリック。

「まったくだ。さてと、クロノメーターの設置は終わったぞ。そろそろ錨を上げて、出航しよう」

デイヴィスは葉巻に火をつけて、甲板に出た。

「おい、そこのおまえ！　名前は？」デイヴィスが呼んだ相手は乗組員の一人で、ほっそりしているが頑丈そうな体格の男だった。ずっと西のほうの島の出身らしく、肌の色の濃さはアフリカ人に近い。

「サリー・デイです」乗組員は答えた。

「ほう、それはそれは。この船にご婦人がお乗りあそばしてたとは初耳だよ。じゃあ、サリー、そこにあるぼろ毛布やぼろシーツを海へ放り投げていただけませんかね？　この借りはいずれお返ししますんで」そのあとデイヴィスは檣頭横桁ではためいている黄色い旗をじっと見て、それを甲板に引きずり下ろした。「忙しくなるぞ。もうのんびりはしていられん。ミスター・ヘイ、全員を船尾に集めて点呼だ」ことさらに大きな声でつけ加えた。「わたしから一言、伝えておきたいことがあるんでね」

乗組員に出す最初の指示なので、ヘリックはこれまで経験したことのない独特の緊張感をおぼえた。相手が太平洋諸島の者たちばかりなのは幸運のたまものだが、もしかすると、自分が未熟な初心者だということは彼らにもたちまち見抜かれてしまうかもしれない。先住民の船乗りだって、航海中の甲板ではどんな英語表現が自然か理解しているだろう。逆に言えば、そういうお決まりの言葉でないと通じない可能性もある。そこでヘリックは、以前読んだ海洋冒険小説の記憶を必死に呼び起こして、この場面にふさわしい言葉を引っ張り出した。

「ただちに船尾へ！」大声で命じた。「いますぐだ！　全員、船尾へ！」

乗組員たちは羊の群れのようにおとなしく狭い通路へ集まった。

「全員そろいました、船長」ヘリックはデイヴィスに報告した。

もったいをつけるように、船長はしばらく船尾のほうを向いていたが、そのあと唐突にさっと振り返った。乗組員たちが縮み上がるのを見て、満足そうだった。

「いいか」デイヴィスは葉巻を口の端にくわえたまま、舵輪の取っ手をいじりながら話し始めた。「わたしが船長のブラウンだ。この船の指揮をとる。隣にいるのは一等航海士のミスター・ヘイ。もう一人の白人は船室係だが、見張りやなにかの仕事もやる。わたしの命令には速やかに従うこと。〝速やかに〟の意味はわかるな？　つべこべ言うなってことだ。食い物は規定以上にたっぷりあてがうから、文句は言わせんぞ。航海士を呼ぶときは名前に〝ミスター〟を入れ忘れるな。わたしの命令には、必ず〝サー〟をつけて返事をしろ。おまえたちが迅速に行動すれば、この船を誰もが過ごしやすい場所にしてやる」そこで葉巻を口から抜き、とどろくような声でつけ加えた。「迅速に行動しなかった場合は、この船を海に浮かぶ地獄に変えてやる。では、ミスター・ヘイ、当直の組分けに取りかかろう」

「了解」ヘリックは答えた。

「おまえさんもわたしに向かってなにか言うときは、〝サー〟をつけてくれんか、ミスター・ヘイ？」そのあとで船長はこう続けた。「まずはご婦人のお客さんからだ。サリー、おまえは右舷へ行け」それからヘリックに、「あそこにいる爺さんを選ぶんだ」と耳打ちした。

「そこの老人」ヘリックは乗組員の一人を指差した。

「名前はなんだ?」船長が代わりに訊いた。「ん? なんて答えた? ああ、英語じゃないのか。この船ではわけのわからん言葉は禁止だ。よって、おまえのことはネッド伯父さん《オールド・アンクル・ネッド》(スティーヴン・フォースター作詞作曲のアメリカの愛唱歌のタイトル)と呼ぶ。歌とおんなじで、頭のてっぺんに毛が一本も生えてないからな。持ち場は左舷だ。おい、聞こえただろう? ミスター・ヘイに指名されたんだよ。次はわたしの番だな。そこの色白男、右舷だ。残りは二人か。どっちがコックだ? おまえか? よし、右舷へ。もう一人の作業服《ダンガリー》を着たほうはミスター・ヘイの組だ。ダンガリー、左舷へ。さて、これで全員の名前がわかったな。ダンガリー、ネッド伯父さん、サリー・デイ、色白男、コック。みんなここからは一蓮托生《いちれんたくしょう》だ。ミスター・ヘイ、準備が整ったら、錨を上げるとしようか」

「お願いだ、手順を教えてくれ」ヘリックは船長に小声で頼んだ。

一時間後、巻き揚げ機が小気味よい金属音をたてて錨を舷側に固定すると、ファラローン号は取り舵いっぱいで、すべて平常時の普通帆で動きだした。

「作業が完了しました、サー」船首からヘリックが叫んだ。

船が目覚めたのを、デイヴィスは舵輪を通して感じた。牡鹿のように突然跳ね上がったかと思うと、小刻みに震えながら風に押されて傾いた。巡視艇が最後の挨拶を送ってきた。その白い航跡は次第に遠ざかり、やがて視界から消えた。ファラローン号の航海がいよいよ始まったのだ。

　停泊していた位置は海峡に近かった。徐々に速度を上げながら、デイヴィスは暗礁にはさまれた水路へと船を進めた。両側では轟音とともに白波が立っている。青い帯のような細い水路をまっすぐたどりながら、船は沖に向かってぐんぐん進んでいった。足もとから伝わってくる振動に、船長の胸は躍った。船尾の手すり越しに振り返ると、海岸沿いのパペーテの家並みは後方へ引っ込んで、島の山々が航跡の向こうに高々とそびえて見えた。

　だが、ファラローン号にはまだ陸に未練がある者、そして黄色い旗の恐怖を引きずっている者がいた。まだ海峡のなかほどを航行しているとき、突然叫び声があがって、だっと駆けだす足音がそれに続いた。見ると、一名の乗組員が手すりにのぼって両腕を頭上に伸ばし、海中へざぶんと飛び込んだ。

「ようそろ！　船首の向きをこのまま保て！」船長は大声で指示して、ヒュイッシュに舵をとらせた。

　そのあとビレーピン（索具を巻きつける棒）を手に乗組員たちのところへ飛んでいった。

「ほかに陸へ戻りたいやつは？」と、すさまじい剣幕で怒鳴りつけた。武器になる物を握りしめているうえ、声も殺気立っているので、全員が震え上がった。カナカ人たちは逃亡した仲間をなす術《すべ》もなくじっと見つめた。黒い頭が海面に浮いていて、陸の方向へ進んでいく。そのあいだにもスクーナーは競走馬のようになめらかに海峡を通り抜けた。間もなく開けた大海原に出て、うねる長波とぶつかり、激しい水しぶきを浴びた。

「手痛い失敗だな。ピストルを用意しておくんだったよ！」デイヴィスは悔しそうに叫んだ。

「人員不足の状態で航海に出るはめになるとは。ミスター・ヘイ、監督不行き届きだぞ」

「これからどうなるんだろう」ヘリックは言った。

「どうにかするしかない」とデイヴィス。「とにかく、タヒチはまっぴらだ。二度と来るものか」

二人とも無意識に船尾のほうを見た。山々がひだのように連なる美しい島の風景が彼らの目を引きつけた。左舷の方角にはモーレア島のぎざぎざの稜線がそびえている。スクーナーはさえぎるもののない海を進み続けていた。

「考えてもみろ！」船長は身振りをまじえて言った。「つい昨日の朝だぞ、わたしが餌ほしさに芸をするプードル犬みたいに踊ったのは」

第五章　積荷のシャンパン

　ファラローン号は船首を北に向け、モーレア島を横に見ながら航行を続けた。その船室では、デイヴィス船長が海図と定規、そして航海術に関する概説書を前に腰を下ろしていた。

「東北東の方角だな」作業を終えると、彼は顔を上げて言った。「ミスター・ヘイ、おまえさんの計算能力が頼りだぞ。集中して、非天測位置推測法で船の位置をしっかり確認してくれ。一ヤード刻みで間切っていく必要がある。ツアモツ諸島の狭い隙間を突っ切らねばならん。針の穴を通すような、きわどい賭けだ。南東貿易風がこのままずっと吹いてくれれば、なんとかうまくやれそうだがな。とにかく、肝心なのはファカラヴァ環礁を無事に通過することだ。難関だから心してくれ。手早く針路を変えなきゃならんが、密集する小島のあいだは泥の浅瀬になってる。ほら、ここを見ろ」船長は海図を示した。定規が危険群島と呼ばれる迷路のような多島海を横切るように置いてある。「いまが夜だったら、すぐに決行できるんだが。東進するまでしばらく時間を無駄にしなけりゃならんとは、もったいない。ま、どういう状況になろうと、最善を尽くそうじゃないか。ペルーがだめでも、エクアドルにはたどり着けるだろう。どっちもたいしたちがいはない。ドルの価値は下がるが、余計なことを訊かれずに済むのは同じだ。向こうで一旗揚げりゃ、南米の名士になれるぞ」

タヒチは後方にだいぶ遠ざかり、形を視界にはっきりとらえられるのは、でこぼこした山脈から頭を出しているディアデム山だけだった。左舷方向に見えるモーレア島は、黄金色に輝く西陽を背にぼんやりした黒い影絵になっている。二つの島から離れると、船長の指示で曳航測程器が海中に投じられた。

二十分ほど経ったとき、さっきから頻繁に舵を離れて船室の時計をのぞきに来ていたサリー・デイが、「四点鐘」と叫んだ。それを合図にコックがスープを運んできた。

「ひとまず落ち着いて、腹ごしらえといくか」船長はヘリックに言った。「食べ終わる頃にはあたりは暗くなってるだろう。そうしたら、手早く帆を張って、スクーナーを南米行きの風に乗せてやろう」

ランプの真下の、食卓が置かれた船室の隅で、シャンパンのボトルに隠れるようにしてヒュイッシュが座っていた。

「なんだ、これは？　いったいどこから持ってきた？」船長が尋ねた。

「なにって、炭酸入りの酒だよ。後ろの船倉にあった。教えてもらわなくても知ってんだろ？」ヒュイッシュはそう答え、マグカップの中身を飲み干した。

「二度とやるな」デイヴィスが叱りつけた。商船の船長あがりなので、積荷に無断で手をつけることには抵抗があるのだろうが、船を盗もうとたくらんでいる者の態度としてはちぐはぐと言わざるを得ない。「そういう行動は悪い結果しか招かんぞ」

「ちぇっ、うるせえな！」ヒュイッシュが言い返す。「おれたちは同等のはずだろ？　なのになんでこんなに不公平なんだよ！　面倒な仕事ばかりおれに押しつけやがって。あんたらが盛大に飲み食いしてるあいだに、おれだけ甲板で舵のお守りか？　おまけに、あんたらには〝サー〟だの〝ミスター〟だのがついてんのに、おれはあだ名。いいかげんにしろ。おれも大酒飲んで、がつがつ食うからな。ふざけるなってんだ。言わなくてもわかってるだろうが、おれを降ろそうったって、もう軍艦に合図は出せないぜ」

デイヴィスは相手の剣幕に気圧《けお》された。「五十ドルで雇ってやってたら、こんなことにはならなかったんだろうか」しおれた様子で言った。

「遅いね。もうやっちまったことだからな」ヒュイッシュは平然と言い返した。「ほら、飲んでみろよ。べらぼうにうまいぜ」

酒の誘惑に屈して、船長はひとかけらの躊躇もなくルビコン川を渡った。自分のマグカップにシャンパンをなみなみと注いで、豪快にあおった。

「これがビールだったらな」ため息まじりにデイヴィスが言う。「だが、文句なしの高級品だ。格別にうまい。これに免じて、許してやる。ヒュイッシュ、さっさと甲板の仕事に戻れ」

恥知らずなろくでなしは目的を達したので満足して、陽気に答えた。「アイ、アイ、サー」すぐに船室を出ていき、あとにはデイヴィスとヘリックだけが残った。

「豆スープか！」船長は言った。「また豆スープを食う日が来るとはな」

ヘリックは麻痺したように黙り込んでいた。何カ月も飢えに苦しんできた身では、粗末な船の食事とはいえ、香辛料の利いた料理の匂いに食欲をそそられないわけがなかった。おまけにシャンパンを見たら、よけい口のなかが唾液でいっぱいになった。だがそれでもやはり、さっきのヒュイッシュと船長のやりとりをただ傍観しているべきではなかった。きっぱりと反対すべきだった。理性や常識が急に鈍《にぶ》って、いつの間にか深みにはまり込んでしまったことが情けない。自分も盗賊集団の一人なんだ、泥棒なんだ、と内心で叫んだ。スープに手をつける気になどなれなかった。身体を動かした瞬間、席を立って甲板へ駆けだし、海に飛び込んでしまいそうだった――潔く溺れ死ぬために。

「おい、どうした?」船長がヘリックに声をかけた。「顔色が悪いぞ。こいつを一口飲んでみろ」

マグカップのなかでシャンパンが白く泡立っていた。その透き通った明るい色とはじけ飛ぶ泡にヘリックの目が引き寄せられた。「いまさら迷っても遅い」と胸の内でつぶやいた。それから無意識にマグカップをつかみ、シャンパンを喉に流し込んだ。抑えきれない快感と欲望があとからあとからあふれ出る。彼は目を輝かせ、カップの中身を一滴残らず飲み干した。

「人生のありがたみを思い出したよ！」ヘリックは叫んだ。「生きる喜びがどういうものか、いままで忘れてた。そうとも、これこそが生き甲斐だ。ワイン、食事、ぱりっと乾いた服——それが全部手に入るなら命を賭けてもいい！　絞首刑だって覚悟のうえだ！　船長、ひとつだけ教えてくれ。貧乏人全員が追いはぎになるわけじゃないのはどうしてだろうね？」

「知るもんか」と船長が答えた。

「みんな善人すぎるんだ」ヘリックは大声で力説した。「きっとぼくには想像も及ばない理由があるんだろうな。ああ、ねぐらにしてた刑務所を思い出した！　もしあそこへ突然送り返されたら、どうしよう」ヘリックはひきつけを起こしたかのように急にぶるぶる震えだし、顔を両手でぎゅっと覆った。

「おい、いきなりどうしちまったんだ？」船長が驚いて訊いたが、返事はなかった。ヘリックはただ肩を上下に震わせていた。テーブルが揺れるほど激しく。「もっと飲め。さあ、早く。これは命令だ。困難を脱するまで、泣いてる暇なんかないぞ」

「泣いてない」ヘリックはそう言って、顔を上げた。本人の言葉どおり、目に涙は一粒もなかった。「泣けるんなら、まだいいさ。命からがら逃げ出してきた墓場の恐ろしさが、よみがえってきたんだ」

「とりあえずスープだ。気分がしゃきっとする」いたわるようにデイヴィスが言う。「前にも言ったがな、おまえさんは限界まで追いつめられてたんだ。あのままじゃ、一週間ともたなかったろう」

「怖いのはそれなんだよ！」ヘリックはわめいた。「あと一週間したら、ぼくはたった一ドルのために人を殺してたかもしれない！　ああ、神様！　これは現実なのか？　ほんとに自分はまだ生きてるのか？　忌まわしい夢を見てるみたいだ」

「騒ぐんじゃない！　落ち着くんだ、坊や。黙ってスープを腹におさめろ。おまえさんに必要なのは食事だよ」

　デイヴィスの言うとおり、スープはヘリックの神経を和らげ、気力を取り戻す助けになった。シャンパンをもう一杯飲んでから、塩漬けの豚肉と揚げバナナで食事を終えると、また船長をまっすぐ見て話せるようになった。

「気がつかなかったよ、自分がこんなにまいってたとは」ヘリックはつぶやいた。

「元気になってよかった」デイヴィスは言った。「昼間はずっと岩のようにどっしりしてたじゃないか。腹を満たしたから、またしっかり者に戻るさ」

「ああ」ヘリックはぽつりと答えた。「力が湧いてきた。だが、こんなぼくに一等航海士が務まるんだろうか」

「気にするな！」船長は大声で言った。「とにかく船の針路だけ気をつけてればいい。小さい石板を手もとに用意しておけ。赤ん坊だってできる簡単な計算だから、大学出のおまえさんならお茶の子さいさいだろう。船乗りの仕事は実際にやってみればたいして難しくないんだ。わかったな？　さあ、針路を変える作業に取りかかるぞ。石板を持ってこい。非天測位置推測法の計算を始める」

出航してから進んできた経路をビナクル（羅針儀の架台）のランプを頼りに読み取り、その数値を石板に記入した。

「上手回し、用意」船長が指示した。「舵はわたしがとる。色白男、おまえは大帆索《メーンシート》の横に立て。ミスター・ヘイ、帆桁《ブーム》テークル（ロープと滑車を組み合わせた装置）の操作を頼む。そのあと船首へ飛んでって、前帆で待機してくれ」

「アイ、アイ、サー」ヘリックが答える。

「船首の準備はいいか？」とデイヴィス。

「準備完了です、サー」

「下手舵、いっぱい！」船長が大声で命じた。「ロープをしっかり引くんだ。ゆるみを手繰り込め」ヒュイッシュに向かって指示した。「ロープをたるませるな。背中に巻いて体重をかけるんだ。おい、ロープから足を離せ」次の瞬間、ヒュイッシュを張り倒して、自分でロープを引っ張った。「さっさと起き上がって、舵を押さえてろ！　この役立たずめが！　死にたいのか？」と怒鳴りつける。それからヘリックに指示を飛ばした。「船首三角帆《ジブ》を引け！」そのあと、すぐに舵のところへ戻ってヒュイッシュに言った。「ここはもういい。わたしがやる。おまえは帆足索《シート》を巻いてこい」

だが、ヒュイッシュは突っ立ったまま、憎悪をむき出しにした顔でデイヴィスをにらんだ。

「よくも殴りやがったな」

「命を救ってやったんじゃないか」船長は振り向きもせずに言い捨て、羅針儀と帆を交互に目で追う。「あそこに立ってたら、帆桁が旋回したときにロープのたるみに巻きつかれちまう。そんなこともわからないんですかね、サー？　だめだ、おまえに大帆索はまかせられん。港町には同じ経験をしたやつがうようよしてる。みんな一本足さ。生き残ってるやつはってことだ。ほかの連中は片脚どころか命を失った」いったん言葉を切って、ヘリックに指示する。「ミスター・ヘイ、帆桁テークルを動かせ」再びヒュイッシュに言った。「殴られるだけで済んで、幸運だったたと思え」

「そうかい」ヒュイッシュは苦々しく言った。「じゃあ、運が良かったと思うことにするよ。あんたのおかげで助かったってな」そのあと、思わせぶりなしぐさで船長に背を向けると、甲板室へ入っていった。すぐにコルク栓を抜く音がした。欲求不満を新しいシャンパンで解消するつもりらしい。

ヘリックが船長のいる船尾へやって来た。「船はどんな具合だい？」と訊いた。

「東北東へ航行中だ」デイヴィスは答えた。「予定どおり順調に行ってる」

「さっきのこと、ほかの乗組員たちはどう思ったかな」ヘリックが懸念を口にした。

「なんとも思わんさ。連中は気にもしてない」

「厄介なことになりそうだったんだろう？　あなたと――あいつとのあいだで」ヘリックは口ごもった。

「まったく手に負えないやつだ。狂犬みたいに、すぐ嚙みつきやがる」デイヴィスはやれやれとばかりにかぶりを振った。「だが、おまえさんとわたしがしゃきっとしてりゃ、大事には至らんさ」

　ヘリックは吹きさらしの通路に寝転んだ。雲ひとつない夜空が広がっていた。船の揺りかごのなか、久しぶりに味わった満腹感で疲れが押し寄せてきた。いつの間にか寝入っていた彼は、デイヴィスの「八点鐘！」と叫ぶ声で深い眠りから引きずり戻された。

　慌てて起き上がると、よろめきながら船長のもとへ飛んでいき、舵を交替した。

「いまは風が弱まってる。断続的にしか吹いていない」船長が言った。「強まったら、詰め開きだ。船を風上に向けて、帆にたっぷり風をはらませろ」

　船長は船室へ向かう途中で足を止め、船首楼にいる乗組員に声をかけた。

「ネッド伯父さん、コンサーティーナ（六角形のアコーディオン）を持ってたろう？　でかした。こっちへ持ってきてくれんか？」

　スクーナーの操舵は素人のヘリックにもたやすかった。そのせいで、月光に白く浮かび上がる帆を見つめていると、眠気にのみこまれそうになった。そのとき、船室から突然鋭い音が聞こえて、はっとした。三本目のシャンパンが開けられたのだ。シー・レンジャー号がマーシャル群島でどうなったかを思い出したのと同時に、アコーディオンの音色が流れてきた。曲に合わせてデイヴィスが歌っている。

ああ、愛しのきみよ、おれたちゃポケットを金でふくらませ、
すいすい進むぜ、軽快に、すいすい進むぜ、波止場まで、
おれはケイトと踊り、トムはサールと踊るのさ、
南アメリカから帰ったら、おれたちが帰ったら。

趣のある風変わりなメロディに、乗組員たちもうっとりと聞き入った。当直を終えて船室へ下がりかけていた者は船首楼の扉のそばで立ち止まり、耳を澄ました。月明かりに照らされて、ネッド伯父さんが気持ちよさそうにうとうとしている。舵輪を握っているヘリックさえ、心配事をすべて忘れて口もとをほころばせた。一曲終わると、すぐに次の曲が始まり、シャンパンの栓がまたポンと抜かれた。初めのうちは船長とヒュイッシュの口論するような声が聞こえていたが、どうやら仲直りしたようだ。船長の伴奏に合わせて歌うヒュイッシュの声が響いた。

気球に乗って、天に昇れ、少年たちよ、
気球に乗って、天に昇れ、

小さな星のあいだを縫って、
月のまわりをぐるぐる回れ。

ヘリックはなぜか急に吐き気に襲われた。曲調、歌詞（いずれも高度な技巧を凝らしてあるのだが）、それから歌声の抑揚と発音などすべてが、歯をやすりで削られているかのように神経にさわったのだ。すぐそこで監獄の扉が待っているというのに、二人の仲間たちは平気で盗んだ酒をあおり、言い争い、しゃっくりをして、夜遅くまで浮かれ騒いでいる。そう考えると気分が悪くなった。「こんなものと引き換えに、ぼくは道義心を売ったのか？」と内心で叫び、悔しさがこみ上げた。仲間たちに激しい憤りをおぼえるのと同時に、胸の奥で決意をめらめらと燃やした。自分が払った犠牲を無駄にしたくない。後戻りできないなら、計画をなにがなんでも成功させ、恥と引き換えに富をむしり取ってやる。そう、だからこの屈辱も収穫を得るためには必要なのだ。必ずやり遂げて、故郷に帰ろう。南アメリカから故郷に。さっきの歌のように、〝ポケットを金でふくらませて〟。

ああ、愛しのきみよ、おれたちゃポケットを金でふくらませ、
すいすい進むぜ、軽快に、すいすい進むぜ、波止場まで、

歌詞が頭のなかを駆けめぐった。愛しい人の姿が目に浮かぶようだ。波止場が眼前に迫ってくる。街灯に照らされたロンドンのエンバンクメント。重たげにのろのろと流れるテムズ川と、そこにかかるバタシー橋の明かり。記憶のいたずらにもてあそばれるまま、ヘリックは魅入られたように過去の思い出に浸《ひた》った。恋にはつねに真剣だったが、彼女をいつも思い浮かべるほど生真面目ではなかった。人生が悲惨な状態になるにつれ、彼女の存在も遠ざかり、霧に包まれた月のごとく薄れていった。やがて回想の場面に別れの手紙が現われると、そこにしたため た恥知らずな希望が彼本人を驚かせ、苦悩のどん底に突き落とした。場面はそこで一転し、海と夜と音楽の情景に切り替わる。それらすべてに奮い立たされ、男の意地が頭をもたげた。「絶対に勝ってみせる」と心に誓い、奥歯をぐっと噛みしめた。「彼女を取り戻せるなら、正当だろうと不当だろうと、やり方は関係ないさ」

「四点鐘ですよ、航海士さん。わしの勘ですが」突然聞こえたネッド伯父さんの声に、ヘリックははっと我に返った。

「時計を見てきてくれ」ヘリックはへべれけになった仲間たちへの嫌悪感から、自分で船室へ入る気になれなかった。

「もう過ぎてますよ」カナカ人はきっぱりと言った。

「わかった、きみの言うとおりにしよう、ネッド伯父さん」ヘリックはそう答え、船長の指示を正確に伝えてから舵を代わった。

一、二歩行きかけたところで、非天測位置推測法のことを思い出した。船の針路はどうなっているだろう？　すっかり忘れていた。ヘリックは頭のてっぺんから爪先までかっと熱くなり、自分の愚かさかげんに腹が立った。無能な役立たずめ、石板をあてずっぽうの数字だらけにするつもりか？「二度と忘れないぞ！」憤りを押し込めながら、心のなかで誓った。「同じ失敗を繰り返すな！　自分の過ちで航海が不首尾に終わるなんてのは、絶対にごめんだ」引き返してネッド伯父さんの横に立ち、当直の残り時間を羅針儀の観察に費やした。針の動きを見守る目は真剣そのもので、恋人からの手紙さえ、そこまでじっくり読んだことはなかった。

だがそのあいだも、気がつけば船室から聞こえる歌声や大きな話し声に幾度も注意をそらされた。あざけるような笑い声も響き、時折そこにコルクを抜く音がまじる。真夜中、左舷の当直の交替時間になると、顔を真っ赤にしたヒュイッシュと船長がおぼつかない足取りで後甲板に出てきた。ヒュイッシュはシャンパンを数本抱え、船長のほうはブリキのマグカップを二つ手にしている。ヘリックは無言で彼らの横を通り過ぎた。すれちがい際、二人がろれつの回らない口で話しかけてきたが、ヘリックは返事をしなかった。しけた野郎め、となじられても無視した。嫌悪感と怒りではらわたが煮えくり返ったまま船室へ入り、ドアをぴしゃりと閉め、棚式の寝台にもぐり込んだ。眠るためではなく、物思いにふけって絶望感に浸るために。だが窮屈な寝台で寝返りを二度打つか打たないかのうちに、酔っ払いの呼ぶ声が聞こえた。しかたなく起き出して、朝の当直のため再び甲板へ向かった。

この最初の晩は見本のようなもので、同じことが翌晩からもずっと繰り返された。二ケース分のシャンパンは二十四時間ともたず、その大半がヒュイッシュと船長の喉に流し込まれた。ヒュイッシュはすっかり健康を取り戻したようだった。しらふの状態でいることはほとんどないが、泥酔することもなかった。栄養価の高い食事と潮風が病気をたちどころに追い払ったのだろう。体力がついたのは一目瞭然だった。対照的に、デイヴィスの調子は悪くなるばかりだった。しょぼくれた顔つきで、服のボタンを留めもせず、一日中寝台にだらしなく寝そべって酒をちびちびやったり、小説を読んだりしていた。夜間当直のあいだも後甲板で酒盛りをしているというていたらくで、パペーテにいたときの活力旺盛で頑健な海の男の面影はみじんもなかった。わずかに保っている理性で緯度を測定し、あくびをしながら計算した数字を書き殴っていたが、作業を終えて海図を丸めた瞬間から、自堕落で意地汚い怠惰の奴隷になり下がるのだった。夕食には特にやかましく、果たすべき職務を片っ端から放棄する一方、コックに対する厳しいしつけだけは続けていた。船室に呼びつけられたコックが新しい缶詰をいくつも抱えて走っていく姿や、デイヴィスのお気に召さなかった料理を下げさせられる姿を、ヘリックは何度となく目にした。しかも、デイヴィスは酒に溺れるにしたがって好みがうるさくなり、気まぐれにあれこれと難癖をつけた。ある日の午前、ボースンチェア（高所での作業時にロープで吊る腰掛け板）を船体の外側に固定したデイヴィスは、ペンキの壺を手に上半身裸になって手すりを乗り越えた。「いまのペンキの色は気に食わん。船名の上から別の色を塗ってやる」そう宣言したものの、三十分も経たないうちに飽きてしまった。そのせいで、スクーナーは船尾に塗りかけのみっともないまだら模様をつけられ、〝ファラローン号〟の文字も一部分だけ塗りつぶされた状態で航行を続けた。デイヴィスは昼間か朝、どちらかの当直を拒否した。天候が安定しているから、というのが当人の言い分だった。頼むからやってくれと言われると、笑ってはねつけた。「わたしは船長だぞ。一番偉い人間が見張りに立つなんて話は聞いたことがないね」ヘリックが地道にこつこつと続けている非天測位置推測法についても、デイヴィスは手伝うどころか注意を払いもしなかった。

「そんなものが必要か？」デイヴィスはうそぶいた。「このとおり太陽が出てるんだから、方角はすぐにわかる」

「いつも晴れてるとはかぎらない」ヘリックは反論した。「それに、クロノメーターはあてにならない場合があるとあなたも言ってたじゃないか」

「いいや、クロノメーターは完璧だ。どこに文句があるんだ！」デイヴィスは威圧的に言い返した。

「お願いだ、船長」ヘリックは決然とした口調で話しかけた。「どうしても非天測位置推測法を続けたいんだ。これはぼくの仕事だが、海流の影響をどうやって、どれくらい見込めばいいのか見当がつかない。経験不足の素人には、あなたの助けが必要だ。頼むから手伝ってくれ」

「ふむ、熱意に燃えた航海士をがっかりさせるわけにもいかんな」船長は見るからにしぶしぶといった態度で海図を広げた。ヘリックは日中の仕事を引き継いだばかりで、デイヴィスのほうもまだ多少はしらふだった。「いいか、ここを見ろ。西から西北西までの範囲で、距離にして五マイルから二十五マイルってところだ。海軍省の海図ではそうなってる。これくらいのこともわからんとは、イギリス人もたいしたことないな」

「ぼくは自分の職務をまっとうすべく努力してるよ、ブラウン船長」ヘリックの顔が怒りで赤黒く染まった。「にもかかわらず、そんなふうにからかわれるとは心外だ」

「なにつっかかってんだ、おまえさん?」デイヴィスは声を荒らげた。「無駄口きいてないで、さっさと航跡を見に行ったらどうだ? 職務をまっとうするってのはそういうことじゃないのか? 手すりから頭を突き出して船の尻を眺めるのは、わたしじゃなくて、おまえさんの仕事だろうが。頼もしい仲間よ、ついでだから本音を伝えとこう。高慢ちきな態度はやめてもらえませんかね? おまえさんは横柄なんだよ。実に鼻持ちならん。わたしに向かって、いちいち偉そうに指図するんじゃない、名士のヘリック殿」

ヘリックは数字を書き留めた紙を破り捨て、船室を出ていった。

「あいつ、急にガリ勉になっちまって」ヒュイッシュがせせら笑った。

「自分だけ立派すぎて、仲間とは釣り合わないと思い込んでるのさ。名士のヘリック殿は凡人のわれわれにご不満でいらっしゃる」デイヴィスは憤然と言い放った。「自分の価値がどうせわたしにはわからんと見くびってるわけだ。だから一緒に酒を酌み交わすつもりもなければ、まともに口をきくつもりもないんだろう。向こうがそういう態度なら、こっちだって容赦はしない。ヒュイッシュ、楽しみにしてろ。このジョン・デイヴィス様には逆立ちしたってかなわないってことを、あいつに思い知らせてやる！」

「まあ、気楽にやれよ、船長」ヒュイッシュが真面目くさって言う。「景気づけに酒でも飲もうじゃないか！」

「ああ、そうしよう。おまえはいいやつだな、ヒュイッシュ。最初は気に食わなかったが、おまえの言うことはもっともだ。よし、新しいボトルを開けるぞ」その日の船長はヘリックとの口論で興奮したせいか、いつも以上に深酒した。四時頃、すっかり酔いつぶれて寝台に倒れ込んだ。

真っ赤な顔でいびきをかいているデイヴィスを尻目に、ヘリックとヒュイッシュは交代で一人ずつ夕食をとった。ヘリックは船長のぶざまな姿に食欲をなくしたが、ヒュイッシュにとっては孤独がなにより神経にこたえた。そんなわけで、席を立つとすぐに元仲間の顔色をうかがいに行った。

舵をとっているヘリックのもとへ歩み寄ると、ヒュイッシュはなれなれしい態度で羅針儀の載ったビナクルにもたれかかった。

「なあ、ダチ公」とヒュイッシュが話しかけた。「と言っても、おれたちはあんまりそりが合わねえようだけどな」

ヘリックは黙ったまま舵輪を小さく動かした。視線を羅針儀の針から前檣縦帆の前縁へ移し、そばに誰もいないかのようにふるまっている。ヒュイッシュは救いようがないほど鈍感で、人の助けになる知識も技能もないため手持無沙汰だった。ぎくしゃくした関係になっているヘリックと腹を割ったふりをして話すのは、彼の性格からしてちょうどいい気晴らしだと思ったにちがいない。酒と同じくらい気分を高揚させ、浮かれ調子にさせてくれるからだ。殴り倒しでもしないかぎり、それをやめさせることはできないだろう。

「まいっちまうよなあ」とヒュイッシュは話しだした。「デイヴィスの野郎、飲んだくれてばかりで。正直に言うけどよ、あいつに対するあんたの態度、立派だったぜ。デイヴィスはかんかんだったけどな。あんたが行っちまったあと、荒れに荒れてた。だから機嫌を直してもらうために、一杯やれよと勧めたんだ。あいつにこう言っといたよ。〝まあ、落ち着け。ヘリックが正しいってことはあんたもわかってんだろ？　ここはひとつ大目に見たらどうだ？〟ってな。ところが船長のやつ、〝生意気抜かすな！　目玉をえぐり出すぞ！〟と来やがった。ひでえ野郎だろ、ヘリック？　先が思いやられる。あいつがあんな具合じゃ、この船もじきにシー・レンジャー号の二の舞になるぜ」

ヘリックは相変わらず無言だった。

「おい、おれの話、聞いてないのか？」ヒュイッシュは口をとがらせた。「返事くらいしたらどうなんだよ」

「羅針儀から離れてくれ」

ヒュイッシュはヘリックをまじまじと見た。怒りを帯びた憎々しげなその目つきは、いまにも敵に襲いかからんとする邪悪な蛇のようだった。が、結局はなにも言わず、くるりと背を向けて走り去り、船室へ戻って新しいシャンパンを開けた。八点鐘がけたたましく鳴り響いたとき、ヒュイッシュは船長のいる寝台の脇の床で眠りこけていた。そんなわけで、鐘の合図で右舷の見張りに立ったのはサリー・デイだけだった。航海士としての責任上、ヘリックも引き続き当直に就き、ネッド伯父さんにはしばらく休んでもらうことにした。そうなると甲板での勤務は十二時間、場合によっては十六時間にも及ぶだろうが、天候が安定しているので、二時間交替の操舵の合間に仮眠をとれそうだった。嵐《スコール》の兆しがあったら、すぐに起こしてくれと指示しておきさえすれば。ヘリックは乗組員たちを信頼していた。いまでは互いに打ち解け合い、親密な結びつきが芽生えていた。たとえば、ネッド伯父さんは長い夜の話し相手になった。母国を追われたこの老人は、あこぎな白人たちに虐げられ、世の辛酸をなめてきた身の上話を淡々と語ってくれた。コックも親切で、食卓にヘリック一人きりだとわかると、見たことのない珍しい料理を出してくれた。そのほとんどは口に合わなかったが、ヘリックは無理してたいらげた。また、昼間に船首に立っていたとき、肩を優しく撫でられてはっとすると、耳もとでサリー・デイのささやき声が聞こえた。「あなた、とてもいい人！」ヘリックはすぐに振り向いて、こみあげる熱い涙をこらえながら、ネグリト（アンダマン諸島など東南アジアからニューギニアにかけての少数民族で、身長が低く肌の色が濃い）と手を握り合った。乗組員たちは皆、優しくて活力にあふれ、子供のように無邪気だった。日曜日にはめいめい自分の聖書を持ち寄り――故郷や言語が互いに異なるため、サリー・デイにいたっては英語でしか仲間と会話できなかった――各自の言葉で同じ章を（そうでないときもあるのだろうが）朗読した。ネッド伯父さんは老眼鏡を鼻の上にのせて。朗読が終わったあとは全員で賛美歌を合唱した。彼らの素朴な姿を見ていると、それに引き換えファラローン号の白人どもときたら、とヘリックは情けない気持ちになった。おまけに会社に雇われていた頃の自分を思い出して、恥ずかしさに全身の血が沸騰しそうだった。乗組員たちは――食人の慣習を持つ部族に生まれ、おそらく本人にもその経験があるであろうサリー・デイも含めて――未発達だが純朴な魂の持ち主で、良いと思った物事や相手にとことん忠実だ。そういう無垢な者たちから慕われていることは、ヘリックにとって道義心を保つうえで支えになった。サリー・デイと一緒にいると、自分も善人をもって任じるようになろうと思うことが何度もあった。そしていまや、彼らへの好意は頂点に達した。ヘリックが当直を続けることに、乗組員たちは口をそろえて反対したのだ。皆、本気だった。コックは張り切って、自ら交替を買って出た。全員が航海士のまわりに集まって、諭したり、いたわったりした。なにも気にせず横になって、いつものとおりちゃんと睡眠をとらなければだめだと言い聞かせた。

「みんなの言うとおりでさあ」とネッド伯父さん。「あなた、寝る。わしらにまかせりゃ、心配ない。みんな、あなたのこと大好き」

ヘリックは精一杯の抵抗を試みたが、最後は折れた。さまざまな部族の言葉で感謝の気持ちを伝えられると、目頭が熱くなった。甲板室の脇へ行って壁にもたれ、こみあげる感情を懸命にこらえた。

ネッド伯父さんが追いかけるようにそばへやって来て、どうか寝台でゆっくり休んでくださいと言った。

「無理だよ、ネッド伯父さん」ヘリックは言った。「眠れっこないよ。きみたちの温かい気遣いで、胸がいっぱいなんだ」

「お願いです、もう二度とわしをネッド伯父さんと呼ばんでくだせえ！」老人は強い口調で言った。「それはわしの名前とちがいますから。タヴィータってんです。イスラエルの王様とおんなじ名前です。ハワイの王様はなんでしたっけ？　わしは物を知らんもんですから――ワイズマンさんとおんなじで」

ファラローン号の元船長ワイズマンの名前が話題に出たのは、それが初めてだった。老人に語り聞かせてもらったおかげで、ヘリックには前回の航海がどういうものだったかほぼ把握できた。読者諸賢には、ネッド伯父さんの話からひどい訛《なまり》の部分を省いて、彼がなんとか身につけた片言の英語で表現された内容だけをお伝えしよう。ファラローン号がサンフランシスコのゴールデンゲート湾をあとにしたとたん、ワイズマン船長とウィシャート航海士は酒浸りになったそうだ。病気にかかってからも飲酒にふけり、死期をますます早めただけだった。どこにも陸地が見えず、ほかの船舶にもまったく行き合わないまま、数日が過ぎた。それが何週間にも及んだとき、酔いどれ船長と酔いどれ航海士のせいで船は迷走状態に陥ってしまったのだとわかった。乗組員たちは、酒の代わりに底知れぬ恐怖を喉に注ぎ込まれた気分だった。ようやく平べったい小島を見つけると、船をそこへ近づけた。ワイズマンとウィシャートの二人がボートに乗り込んで上陸した。

島には大きな集落があった。栄えた立派な村で、カナカ人が大勢暮らしていた。だが折しも伝染病が猛威をふるっていて、あちこちの家から島民たちの悲嘆に暮れる声が聞こえていたという。島の言葉がわからないので、話の内容は理解できなかったが、泣き声ははっきりと聞こえた、とネッド伯父さんことタヴィータは言った。「そりゃそうでさあね。泣くに決まってますだよ。人がばたばたと死んでくんですから」そのような状況にもかかわらず、ワイズマンとウィシャートは未開人が泣き叫んでいる理由になどおかまいなしで浮かれていた。豊富な食料と酒を手に入れてのんきにはしゃぎ、病気にかかって抵抗できない島の娘たちを抱き、死者を悼む哀歌の合唱に酔っ払っただみ声で加わった。挙句の果てに、自分たちは招かれて当然だと思ったのだろう、多くの島民が集まって静かに座っている大きな家へずかずかと入っていった。赤い顔をして大声で笑いながらやって来た二人は、軒下で身をかがめると、すぐに真顔に変わって口をつぐみ、前へ進み出た。群集が割れて通り道ができたので、停泊中のファラローン号にいたタヴィータにも家の奥の暗がりまで見えた。敷物の上に寝かされていた病人が、よろよろと起き上がろうとしているところだった。病気のせいで顔が醜く崩れているのがわかった。二人の哀れなのらくら者は尻に帆をかけて逃げ出し、まっしぐらにボートへ向かった。オールを手にするや船上のタヴィータに急いで出航の準備をしろと叫び、ボートを全速力で漕いだ。ファラローン号にたどり着くと、ただちに錨を上げ、怒鳴ったりののしったりして満帆にさせた。こうして航海の続きに戻ったのだが、陽が沈む頃には二人ともまた酒浸りになっていた。一週間後、二人の亡骸《なきがら》は大海原の底に葬られた。ヘリックがどのあたりの島かとタヴィータに尋ねたところ、南太平洋出身の仲間たちの話から、ツアモツ諸島のどれかにちがいないとのことだった。それは大いにありうるとヘリックも思った。その年、甚大な被害をもたらした天然痘は、環礁が群れをなすツアモツ諸島に襲いかかり、その勢力を東から西へ伸ばしていったからだ。シドニーに向かっていた船の航路としては不自然だなと思った直後、酒のことが頭に浮かんだ。

「その島に流れ着いたとき、船長も航海士も変だと思わなかったのかな？」とタヴィータに訊いた。

「ワイズマンさん、おったまげてましたよ。〝なんだこりゃ！〟って」との返事。

「やっぱりそうか。船の位置がわからなくなってたんだな」

「わしもそう思います」ネッド伯父さんことタヴィータは言った。「詳しいことはわかりませんが、いまの船長さんのほうがまだましですよ」デイヴィスが酔いつぶれて眠りこけている船室のほうを指した。「太陽を目印にしなきゃいけませんぜ、いつでも」

老人の暗示に満ちた言葉で、ヘリックの脳裏に二人の前任者の生と死の縮図がくっきりと映し出された。サンフランシスコをあとにするが早いか、だらだらとあさましく酒に溺れ続けた船長と航海士。彼らにとって最後の航海で、方向を見失ってしまった。自分たちにもこれから先どんなことが待ち受けているか予想もつかないな、とヘリックは思った。他人をあざ笑っている場合ではない。明日は我が身だ。同じ罰が自分に下る可能性は充分にある。誰もがそうだろうが、ヘリックは堕落した男の悲惨な最期に対して底知れぬ恐怖を抱いた。想像しただけで気分が悪くなるほどに。自分のこれまでのふるまいを思い返すと、このスクーナーも不運に見舞われるような気がしてならず、迷信に近いつかみどころのない不安に襲われた。けれども不思議なことに、ヘリックは少しもひるまなかった。過去にさまざまな職種で無能さをさらけ出してきた彼が、いま現在も場違いなことはなはだしい理解不能な任務に就かされている。しかも、頼れる相手が誰もいない状況だ。そういったことを考えれば、うぬぼれるわけではないが、予想を越える上々の仕事ぶりだと言っていいだろう。その晩は、不面目な過去を思い出したうえ、衝撃的な事実を知らされたにもかかわらず、勇気が湧いて精神的にたくましくなった気さえした。これまで名誉や見栄を犠牲にしてきたが、それを決して無駄にはしまいとおのれに誓った。自分の過ちで航海が不首尾に終わるなんてのは絶対にごめんだ、とあらためて思い、変われば変わるもんだなと我ながら驚いた。激しい憤りが心の支えだった。賽《さい》は投げられたのだ。

もはや炎上した船に乗っているも同然で、脱出口はひとつきり。その追いつめられた緊迫感が、強い酒のように弱い心を奮い立たせ、臆病な気持ちを抑え込んだのである。

しばらくのあいだ、航海はまずまず順調だった。ファカラヴァ環礁をひと間切りで通過した。南風が止むことなく吹き続けたおかげで、ララカ環礁とカティウ環礁のあいだも無事に通り抜けた。その後も数日間、タクメ環礁とプカプカ環礁の風下を北東微東の方角へ進んだ。どちらの島にも上陸はしなかった。やがて、南緯約一四度、西経一三四度から一三五度あたりの地点に達したとき、大凪《なぎ》につかまった。しかも海面は大きくうねっていた。だがデイヴィス船長は帆をしぼるなと命じて、舵をロープで固定し、当直を全員引き揚げさせた。三日間、ファラローン号は激しい横揺れに翻弄され続けた。天測では現在地点はほとんど変わっていなかった。四日目の朝、日が昇る少し前に待ちに待った風が戻り、微風はすぐに勢いづいた。船長は前夜に深酒をしたせいで、目が覚めてもしらふの状態にはほど遠かった。甲板に姿を現わしたときには、もう八時半になっていたうえ、朝食の迎え酒で相変わらずへべれけだった。ヘリックは船長の顔を見る気がせず、腹が立ったあまり甲板の任務を放棄した。

大声で命令する船長の声と、ロープを引っ張る乗組員たちのかけ声で、船室にいたヘリックにも満帆を揚げようとしているのだとわかった。食べかけの朝食をそのままにして、急いで甲板へ出た。すると、大檣帆《メーンスル》の横帆と中檣帆《トップスル》の三角帆《ジブ》がすでに張られ、左舷右舷の当直二名とコックが支索に広げる長三角形のステースルに取りかかっていた。ファラローン号はすでに動き出していた。空はどんよりとして、もやのようなちぎれ雲に覆われ、風上からは不吉な嵐雲がぐんぐん近づいてくる。それは次第に大きくなり、黒ずんできた。

ヘリックは不安のあまり身がすくんだ。死が間近に迫っている。少なくとも破滅は避けられまい。迫りくるスコールをたとえファラローン号が乗り切ったとしても、このままでは帆柱を折られてしまう。そうなれば計画は失敗、犯罪の動かしがたい証拠によって、三人とも牢獄行きだ。眼前に立ちはだかる災厄の威圧感と恐怖に、ヘリックは言葉を失った。人としての誇り、恨み、やり場のない屈辱感が心のなかで暴れていた。それを抑えつけようと歯をぐっと食いしばり、きつく腕組みをした。

デイヴィス船長は風上側でボートのなかに座って、鬱血した顔で目をらんらんとさせ、命令と悪態をまき散らしていた。膝のあいだにシャンパンのボトルを一本置き、手には半分飲みかけのグラスを持っている。風上から迫るスコールの兆しに背を向けたまま、ほぼ直感だけで展帆の指示を出していた。満帆になって、オリオン座の形をした巨大なカンヴァス地の布が風をたっぷりはらんだ。ファラローン号の風下側に手すりの高さまで波しぶきが上がるほど力強い航跡が描かれると、船長はどうだとばかりに乾いた笑い声を上げた。それからグラスの中身を飲み干し、ボートの床に寝そべって、よれよれの本をつかんで読書を始めた。

船長の様子を目の当たりにして、ヘリックの怒りは地獄の釜のごとく煮えたぎった。風上に目をやると、すでに近くの海面が白く泡立ち、これまで聞いたことのない不気味な音がスコールの襲来を告げている。操舵手が顔面蒼白になって舵輪にしがみついた。ほかの乗組員たちも、命令されるまでもなく急いで持ち場へ走っていく。ヘリックは頭のなかでなにかが弾け飛んだ気がした。長いこと押し込められていた、気づかないあいだにむしばまれていた憤怒の塊が、突然解き放たれてヘリックを風にあおられた船のように揺さぶった。彼は船長のところへまっすぐ歩み寄ると、その酔っ払いの肩を激しく突いた。

「いいかげんにしろ！」ヘリックの声は怒りに震えていた。「後ろを見るがいい！」

「なにしやがる」デイヴィスがボートのなかで跳ね起き、その拍子にシャンパンがこぼれた。

「シー・レンジャー号はあんたが酒に酔ったせいで沈没した」ヘリックは責め続けた。「性懲りもなく、今度はファラローン号まで沈めようとしてる。また乗組員たちを溺れ死にさせるつもりか？　人でなし！　くたばっちまえ！　いまにあんたの娘は娼婦になって、息子たちは父親と同じ盗っ人になるだろうよ」

その痛烈な言葉に船長は殴られたかのように茫然となった。「おい！」船長は叫び、真っ青な顔でヘリックを見た。「なんてことを言うんだ。ひどいじゃないか、ヘリック！」

「文句を言ってる暇があったら、後ろを見てみろ！」ヘリックは食ってかかってきた相手に言い返した。

見下げ果てた男も多少は酔いが醒めてきて、言われたとおりにした。と同時に、ぎょっとして飛び上がった。「ステースルを下ろせ！」大声で怒鳴った。船員たちは突然の命令にすくみ上がった。大きな帆がすぐさま引き下ろされたが、途中でずり落ちて手すりを越え、白い荒波に吸い込まれた。「トップスルの動索《ハリヤード》を回せ！　支索《ステイ》は固定しろ」船長は次々に指示を飛ばした。

だが、デイヴィスの声が伝わるよりも早くスコールが轟音とともに襲いかかり、雨と一体化した突風が固い塊となって船上に落ちた。一撃をまともに食らったファラローン号は大きく沈み込み、息絶えた生き物のように横に傾いだ。へリックの頭から理性が一斉に逃げ出した。風上側の張り綱にしがみついて、奇妙な歓喜に包まれた。人生を生き切ったという手ごたえと解放感に満たされていく。獰猛にうなる暴風や、息もできないほど激しく顔に叩きつける雨を、褒めたたえたい気持ちにさえなった。つまり、自然の猛威のなかでこのまま最期を迎えることが誇らしく思える心境だったのである。一方、船長は船の中央部で膝まで海水に浸かりながら――甲板は完全に波で洗われていた――ポケットナイフで前檣帆《フォースル》の帆脚綱を切ろうとしていた。まさに一刻を争う状況だ。ファラローン号は貪欲な海にいまにものみ込まれようとしている。だが船長のほうが一瞬早かった。太いロープが完全に切り離された直後、フォースルの帆桁《ブーム》は支えを失ってぽっきりと折れ、風下側へ倒れた。風から解放されたファラローン号は、勢いよく跳ね上がった。斜桁の外端とスロート・ハリヤード（斜檣を支える動索）はすでに切ってあったので、体勢を立て直したとたん滑るように動き出した。

それから十分間あまり、暴風雨をかいくぐって疾走を続けた。デイヴィスは自制心を取り戻し、船長としての自覚と責任を思い出した。かくしてファラローン号は絶体絶命の危機を脱したのだった。やがて、廻り舞台の場面転換のように、嵐は突然過ぎ去った。荒れ狂っていた突風は穏やかな風に変わり、ぼろぼろのスクーナーの上に再び強い陽射しが降り注いだ。船長は破損した前檣の帆桁をしっかり固定したあと、二名の乗組員にポンプによる排水作業を命じた。それから、しらふで、少し青ざめて、船尾へ歩いていった。嵐の猛襲が始まったときにくわえていた葉巻はまだ歯のあいだにはさんだままだったが、当然ながらぐっしょり濡れていた。ヘリックはデイヴィスのあとを追った。自分があれほど猛々しい激情に駆られたことが信じられなかったが、このままにしておくわけにはいかなかった。どうしても白黒はっきりさせたい、この問題にきっぱり決着をつけたい。そういう思いがむくむくと頭をもたげたのである。

甲板室の端まで来ると、船長が振り返った。ヘリックと目と目が合ったが、すぐに視線をそらした。「トップスル二枚とステースルを失っちまったな」もごもごと早口で言った。「だが運が良かった。マストは無傷だからな。ちっこい三角帆なんか、ないほうがかえって気が楽ってもんだ」

「ぼくはそんな話をしたいんじゃない」ヘリックは言った。不思議と静かな声だったが、船長の胸中を映しているかのように狼狽の響きがかすかにまじっていた。

「ああ、わかってるさ」船長は面倒そうに片手を上げて見せた。「おまえさんがなにを言いたいのかはな。だが、いまその話をしたってしょうがない。このとおりわたしはしらふなんだから」

「それでも、話しておかなければ」ヘリックは食い下がった。

「やめとけ、ヘリック。あれだけ言えば、もう充分だろう」とデイヴィス。「同じことをおまえさん以外の人間が言ったら、生かしちゃおかなかった。だが、正しい意見だってことは認める」

「ほかにも言いたいことがあるんだ、ブラウン船長」ヘリックは後には引かなかった。「ぼくは航海士を降りる。気に入らないなら、煮るなり焼くなり好きにしてくれ。反抗するつもりはないが、あなたへの服従や協力は今後いっさいお断りだ。ヒュイッシュをぼくの後釜に据えたらいい。彼なら、あなたみたいな船長の一等航海士には適任でしょう、サー」ヘリックは薄笑いを浮かべて一礼すると、船首の方向へ歩き出した。

「どこへ行く、ヘリック？」船長がヘリックの肩をつかんで引き止めた。

「乗組員の寝床ですよ、サー」ヘリックは敵意を含んだ笑みをひっこめない。「今日からはあっちで寝ることにします。あなたたち――紳士の方々と船尾で過ごすのは、もううんざりですから」

「あっちへ行っても、なじめんぞ」デイヴィスは言った。「わたしをそこまで見くびらんでもいいだろう。飲酒を除けば欠点はひとつもない。それに、もう済んだことじゃないか！　今度は失敗しない。節制するよ。そうすりゃ、おまえさんもわかってくれるだろう」最後は懇願口調になった。

「いや、もうあなたの顔は見たくないんだ。失礼」ヘリックはきっぱりと言った。

船長は悔しげにうめいた。「わたしの子供たちのことをよくも侮辱してくれたな。忘れたとは言わせんぞ」

「とっさに出た言葉だ。もう一度聞きたいなら繰り返そうか？」ヘリックが尋ねる。

「やめろ！」船長は怒鳴って両耳に手を当てた。「殺されたいのか？　わたしはおまえさんを気に入ってるんだ。この手にかけるようなことをさせんでくれ！　わかったよ、ヘリック。陸に上がるまで酒は断つ。今度グラスを口に持ってったら、その場で撃ち殺してかまわん。そうしてくれと頼みたいくらいだ！　おまえさんだけだよ、この船にとってなくてはならない人間は。わたしがそれに気づかないとでも思ってるのか？　おまえさんをがっかりさせるようなまねは絶対にしない。正しいのはそっちだと、いつだって思ってた――しらふのときだろうが、酔っ払ってるときだろうが。なあ、どうしたら信じてくれるんだ？　宣誓か？　おまえさんほど頭のいい人間なら、わたしが真剣だってことはわかるだろう」

「じゃあ、酒はもう一滴たりとも飲まないんだね？」ヘリックは念を押した。「あなただけじゃなくて、ヒュイッシュも。積荷のシャンパンはぼくの財産でもある。名誉と引き換えにした大事な利益だ。二人とも二度とそれを横取りしないね？　それから、当直の任務もきっちりやるんだろう？　割り当てられた仕事を、不慣れな新米の航海士にまかせっきりにしたり、乗組員たちに押しつけて南太平洋の先住民たちをこき使ったりしないで、ちゃんと自分でやるね？　あなたが真剣だと言ったのは、そういう意味だろう？　だとしたら、必ず実行してくれ。口先だけの約束なんかいらない」

「ずいぶんと手厳しいな。紳士に対して、あれもこれもいっぺんにのみ込めというのは酷だぞ」デイヴィスは不平を唱えた。「まだ納得してないようだが、わたしは心底反省してるんだ。今度は信じてくれていい。真面目に仕事をして、本分をまっとうしてみせる。誓って本当だ」

「わかった。もう一度だけ信じようじゃないか」ヘリックは言った。「ただし、また裏切ったら……」

「その先は言うな！」デイヴィスはさえぎった。「もうわかったから、やめてくれ！　腹を立てると言葉が極端にきつくなるんだな、ヘリック。仲直りできたことを素直に喜ぼうじゃないか。わたしはもとどおりの人間に戻ったんだ。未熟な航海士や乗組員にも親切にするよ。おまえさんに後悔はさせない。今日、われわれは危うく命を落とすところだった――誰の過ちかは言ってくれるな！　とにかく、地獄の入口の真ん前まで行ったんだ。要するに、おまえさんもわたしも最悪の運勢ってことだろう。こういうときは相手に寛大にならなきゃいけない」

　デイヴィスはとりとめのない話を続けていたが、理由があってわざとそうしているようだった。本題を切り出しにくいのか、それともヘリックの次の言葉が怖くて時間稼ぎをしているのか、言っていることが堂々巡りだ。ヘリックのほうは毒を全部吐き終えて、すっきりした気分だった。もともと優しい心の持ち主なので、自分の主張が通って満足したあとは、デイヴィスのことが気の毒に思えてきた。会話をしめくくろうと軽い慰めの言葉をかけてから、二人ともそろそろ濡れた服を着替えようと言った。

「ちょっと待ってくれ」デイヴィスは止めた。「その前にどうしても伝えておかなきゃならんことがある。わたしの子供たちについて自分がなにを口走ったか、覚えてるな？　あの言葉にわたしが打ちのめされたわけを話したい。それを聞けば、たぶんおまえさんも後味の悪い気分になるだろうよ。幼い娘のアダルのことだ。知らなかったとはいえ、おまえさんは言ってはならんことを言っちまったな。アダルは――死んだんだ。もうこの世にいない」

「なんだって！」ヘリックは叫んだ。「そんなばかな。これまで娘さんが生きてるような話を何度もしてきたんだぞ。しっかりしてくれ。酒のせいで、頭がどうかなってしまったんじゃないか？」

「いいや、そうじゃないよ」デイヴィスは言った。「娘は本当に死んだ。腸チフスでな。ちょうど、わたしがブリグ船のオレゴン号に乗ってるときだった。いま娘はメイン州ポートランドの墓地に眠ってる。墓石には、〝ジョン・デイヴィス船長と妻マリアの一人娘、アダル――享年五歳〟と刻まれてる。娘に買った土産の人形は、航海に出るたび、あの子の代わりに船に乗せた。だが包装紙を一度もはがさないまま、シー・レンジャー号とともに海中に沈んだよ。わたしが致命的な失策を犯したあのときにな」

船長は水平線をまっすぐ見つめていた。これまでの彼からは想像がつかないほどもの柔らかな話し方だったが、異様な落ち着きが芯《しん》のごとくそれを貫いていた。ヘリックは畏怖の念に近い不思議な感情を抱きつつ、船長をじっと見た。

「だから、わたしの頭はおかしくなんかなっていない。いたって正気だよ」デイヴィスは話を続けた。「冷静沈着に物事を判断できる。ただ、不幸な男ってのは子供みたいなもんでな。わたしにも子供じみた部分がある。明白な現実に即した適切な行動をとれないんだよ。やり手の船長のふりをするのが精一杯だ。学芸会の芝居みたいにな。そこで、おまえさんに厳しく忠告しておく。この話し合いが終わったら、わたしはまた船長の役に戻るが、娘のことは二度とけなされたくない。アダルが娼婦になるなんてことはありえないんだからな」さらにつけ加えた。

「あの子はもう、息をすることさえ、人形を抱きしめることさえできないんだ！」

ヘリックはおずおずと船長の肩に手を置いた。

「やめてくれ！」デイヴィスは険しい口調で身体を離した。「わたしがいまにも壊れそうだってことがわからんのか？　とにかく仲間よ、一緒にやり通そうじゃないか、最後まで。なにも心配せず、わたしを信頼してくれ。さあ、乾いた服に着替えに行こう」

二人が船室へ入っていくと、ヒュイッシュが鉄てこ《かな》を手にしゃがみ込んで、新しいシャンパンの木箱をこじ開けようとしていた。

「なにやってる！」船長が怒鳴りつけた。「もう酒は終わりだ。今後、本船での飲酒をいっさい禁ずる」

「へえ、禁酒主義に鞍替えしたのか?」ヒュイッシュがまぜっかえす。「べつにかまわないぜ、おれは。確かに潮時かもな。あんた、また一隻沈めるところだったんだから」そう言ったあともシャンパンを一本取り出し、コルク抜きの鋭い金属部分でボトルの栓を押さえてある針金を黙々とはずし始めた。

「わたしの話を聞いてないのか?」デイヴィスが憤然と言う。

「聞こえてないわけないだろ。そんだけでっかい声でしゃべってりゃ」とヒュイッシュ。「聞こえてて関心がないだけさ」

ヘリックは船長の袖を引っ張った。「好きにさせておこう。朝からごたごたするのはもうたくさんだ」

「そうだな。飲ませてやるとするか。これが最後だから」

この頃にはすでに栓の針金は取りはずされ、金色の包み紙もはがされていた。ヒュイッシュはマグカップを片手に、いつものコルクがポンと飛ぶ小気味よい音を待った。が、そうはならなかった。彼は親指でコルクを押し上げた。まだなにも起こらない。今度はつまんで引っ張った。すると、コルクは音もなくあっさり抜けた。

「ちぇっ!」ヒュイッシュはがっかりして言った。「はずれを引いちまった。気の抜けたやつがまじってたぜ」

彼はマグカップにボトルの中身を少し注いでみた。液体は無色透明で、泡はまったく立っていない。匂いを嗅いでから、味見した。

「なんだこりゃ?」ヒュイッシュは素っ頓狂な声をあげた。「ただの水じゃねえか!」

この事態に三人ともぎょっとした。もしも海の真ん中で、船内に突然トランペットの音が鳴り響いたとしても、これほどの衝撃は受けなかっただろう。ヒュイッシュのマグカップがほかの二人にも回された。順に液体をすすり、匂いを確かめた。それから三人そろって、ロビンソン・クルーソーが無人島で初めて人の足跡を発見したときのように、うやうやしく金色の紙を着せられたボトルに目を凝らした。数秒と経たずに、彼らの思考は共通の懸念に行き着いた。シャンパンの入ったボトルも水を詰めたボトルも、未開封の状態ではほとんど見分けがつかないようになっている。だが中身の価値は雲泥の差だ。積荷がシャンパンなら宝石、水ならごみくずと同じ。そのちがいは金持ちさえいっぺんに破滅するほど大きい。

もう一本、栓を抜いてみた。そのあと船員室に積んである二つの木箱も運び込んで、ボトルを残らず開栓し、中身を片っ端から飲んでみた。結果はどれも同じだった。すべての液体が色も味もない、浜辺に引き揚げられた釣り舟の底にたまった雨水と同様、ただの腐った水だった。

「勘弁してくれよ!」ヒュイッシュが悲鳴をあげた。

「船倉にしまってある分も調べよう」船長は手の甲で額の汗をぬぐった。三人とも苦渋の表情で、足取りも重く船室をあとにした。

乗組員たちも駆り出され、総出で作業にあたった。カナカ人二名が下の船倉、残り一名が甲板上の滑車で位置についた。船倉口の防水用縁材の横では、デイヴィスが斧を片手に待ちかまえている。

「みんなに事情を知らせるのかい？」ヘリックは小声で船長に訊いた。

「寝ぼけたことを！」デイヴィスは焦りをあらわにした。「いまはそれどころじゃない。われわれが事実を確認するのが先だ」

三箱のシャンパンが甲板へ引き揚げられた。一本ずつ抜き取っては、船長が斧でボトルの口を叩き割っていくと、本物のシャンパンが白いとろりとした泡とともに勢いよく流れ出た。

「もっと奥のほうにあるやつを出せ」デイヴィスは船倉の乗組員に向かって怒鳴った。

その命令で、事態は悲惨な方向へと転じた。次々に木箱が甲板へ運び出され、船長がさっきと同じ作業を繰り返した。今度はどのボトルからも水ばかりが噴き出した。さらに船倉の奥深くを調べてみると、ごまかすための手間すらかけていないことがわかった。本物のシャンパンとはあからさまに異なり、木箱に商標の表示は見当たらず、そこに詰めてあるボトルにも金色の包装紙やコルクを留める針金がまったくない。明らかな詐欺だ。

「ばかばかしい！　もうたくさんだ！」デイヴィスは作業の中止を命じた。「木箱はもとどおり船倉に積んでおいてくれ、ネッド伯父さん。ガラスの破片は全部海へ捨てろ」そのあとヘリックとヒュイッシュに言った。「来てくれ」デイヴィスを先頭に、三人は船室へ戻っていった。

第六章　共犯者たち

固定されたテーブルを前におのおの着席した。そのテーブルで三人が顔をそろえるのは初めてだった。相手に対する不満やこれまでに生じた意見の衝突は、破滅という共通項の出現によって完全に吹き払われていた。

「紳士諸君」ひと呼吸おいてから、船長が開会を告げる議長よろしく切り出した。「結論から言うと、われわれは一杯食わされた」

ヒュイッシュがぷっと吹き出した。「あっはは、そういうことだよな。これがとんでもなく手の込んだ冗談でないなら。それにしてもデイヴィスさんよ、朝っぱらからこんな悪ふざけに出くわすとは思ってもみなかったぜ！　おれたちが必死こいて盗んだのは、ただの真水の積荷だったとはな！　いやはや、これぞ驚き、桃の木、山椒の木！」身をよじって、はしゃいだ。

船長の顔にこわばった作り笑いが浮かぶ。

「ついてないやつは、とことんついてないってことだな。不運がどこまでも追いかけてくる」デイヴィスはヘリックに向かって言った。「しかも今回は致命的だ。正面玄関のドアをどんぴしゃのタイミングで蹴破りやがった」

ヘリックは黙ってかぶりを振っただけだった。

「まったく、ひでえもんだ！」ヒュイッシュはまだ笑っている。「誰かほかのやつの身に降りかかったんなら、これほど痛快な笑い話はないだろうけどよ！　ところで、このあとどうするんだ、おれたち？　この厄介なおんぼろスクーナーをどうするかも考えなきゃいけないな」

「問題はそれだ」デイヴィスが言う。「ひとつだけ確かなのは、古いガラス瓶と底荷《バラスト》なんぞ、ペルーまで運んでも無駄ってことだ。そうとも、諸君、われわれはどんづまりの状態に追い込まれた」

「ふん、間抜けな商人め」ヒュイッシュがいらだたしげに吐き捨てた。「荷主のことだよ。おれたちが引き継いだって知らせはブリガンティンの郵便船でそいつに届いて、この船はシドニー目指してまっしぐらに進んでると思うだろうな」

「まったく、いかれた商人だ」と船長。「その証拠に、太平洋諸島の先住民を乗組員に雇ってる。最初から船を沈めるつもりだったとしか思えんよ。しかし、説明のつかない点がひとつある。この帆船がタヒチ航路をたどったことだ」

「船を沈めたがる理由だって、さっぱりわかんないぜ」ヒュイッシュが言う。

「なかなか鋭いな、いたずら坊主」と船長。「確かにスクーナーを失いたいやつなどいやしない。だが、航行中に失うならありがたいと思う連中はいる。海上保険会社のやつらはけっこうだまされやすいからな」

「実を言うと」ヘリックが口をはさんだ。「この船の針路が大きく東にずれた理由を知ってるんだ。ネッド伯父さんから聞いた。不運なろくでなしども、ワイズマン船長とウィシャート航海士のせいなんだよ。二人は出航直後から飲んだくれてた――死ぬときまで酒浸りで、酔っ払ったままあの世へ行ったそうだ」

船長はテーブルの上に視線を落とした。

「ワイズマンもウィシャートも寝台で横になってるか、この船室でくだを巻いてるかのどちらかだった」話すうちにヘリックは怒りがこみあげてきた。「職務を放り出して、いまいましい積荷のシャンパンを来る日も来る日も喉に流し込んでたらしい。そうこうするうちに伝染病に襲われたが、高熱が出るとさらに飲み続けた。死にかけた状態で船室にこもって、獣みたいにわめいたり、うなったりしながら、泥酔してた。船がどこへ向かってようが、おかまいなしで。太陽の位置さえ確認してなかったそうだ」

「なんだって？」船長が顔を上げた。「最低だな！　くず野郎どもめ！」

「あんたがそれを言えた義理か？」ヒュイッシュが冷やかした。「おれたちも、ワイズマンともう一人のなんとかってやつと同類じゃねえか」

「確かにそうだ。また一本取られたよ」船長が言った。「われわれはまさにやつらの後継者ってわけか」

「そして莫大な遺産を相続させられた。厄介な荷物を」ヘリックがぼやく。

「どれくらい厄介かはまだ未知数だぞ」デイヴィスは言い返す。「事態はいまわかっている以上に悪化しそうな気がする。言うまでもないが、積荷の価値は二束三文だろう。少なくとも即金ですんなり売り渡せるような代物じゃない。だが、やり方によっちゃ付加価値をつけることができる。サンフランシスコにいる商人から有り金を巻き上げる見込みは大いにある」

「ちょっと待てよ」ヒュイッシュが口をはさんだ。「どうしてそう言い切れるんだ？　うまい手立てがあるのか？」

「いいかね、息子たち」船長はすっかり自信を取り戻した様子だった。「ワイズマンとウィシャートは、この老朽化したスクーナーを積荷ごと難破させれば、荷主から謝礼金をもらえることになってたんだ。だから、われわれも悪徳商人の期待どおり難破させればいい。そいつからどうやって金をふんだくるかは、わたしにまかせてくれ。なんとかしてみせる。ワイズマンとウィシャートがいくら受け取る約束だったのかは、正直言ってわからん。だが、やつらが自らの意志で悪だくみに加担したことはまちがいない。進んで悪事に手を染めたんだ。それに対して、われわれにはそんなつもりはひとかけらもなく、行きがかり上、やむをえず関わっただけってことにする。商人があぁだこうだ御託を並べたら、わたしの腕の見せ所だな。ごまかしても無駄だぞ、と言ってやる。ファラローン号はうさん臭いことだらけで、詐欺の匂いがぷんぷんするとな」

「さすがは船長！」ヒュイッシュが歓声をあげる。「いいぞ、いいぞ！　がんばれ、どんどん行け！　あんたの金に対する嗅覚は本物だよ。おれは賛成だ。大賛成だ。反対したらおれじゃないってくらいにな」

「異議あり」ヘリックが横から言った。「船長、悪いけど、ぼくは承服できない。諸手を挙げて賛成するわけにはいかないんだ」

「まあまあ、慌てなさんな、ヘリック」とデイヴィス。「どっちみち、別件でおまえさんとじっくり話し合うつもりだった。ヒュイッシュにも聞いておいてもらいたいから、ちょうどいい。ヒュイッシュもわたしも飲んだくれはもう卒業したが、迷惑をかけたことについては、いますぐここで詫びたい。それから、われわれが大酒をかっくらって役立たずの腑《ふ》抜《ぬ》けだったあいだ、代わりによく働いてくれた。心から感謝する。おまえさんのおかげで、わたしは将来に向けて正しい道筋を見つけられた。シャンパンのことだが、おまえさんにも権利があるのに、それに手をつけちまったのは盗みと同じだ。深く反省している。おまえさんが相応の利益を受け取れるよう、責任をもって取り計らう。必ず埋め合わせをする。ただし、そのためには今後の方針について納得してもらわねばならん。はっきり指摘しておく。われわれの従来の計画は、きわめて大きな危険をともなうものだった。それにひきかえ新しい計略は、ウィーン風パン屋を経営するのと同じくらい安全だ。ファラローン号を追い風に乗って進ませりゃいいんだからな。

で、出港地のずっと風下へ行ったところで、アメリカ領事館があるどこか別の島に近づいたら、船を沈没させる。ファラローン号とはそこでお別れだ。一日か二日はボートで漂流することになるが、最後はアメリカ領事館がわれわれをサンフランシスコへ送ってくれる。費用はアメリカ政府持ちでな。サンフランシスコの貿易商がもし払うべき金を払わなかったら、そのときはわたしの出番だ！」

「だけど、ぼくは――」ヘリックは言いよどんだあとに、思い切った口ぶりで言った。「やっぱり当初の予定どおりペルーへ行こう！」

「生半可な気持ちで言ってるんじゃないなら、反対はしないさ！」船長は答えた。「だが、弱気になってるだけなら、道連れになるのはごめんこうむる。あの積荷ではペルーへ行っても無駄だ。ただの古いガラス瓶がどこでなら金になるのか見当もつかんし、少なくともこういうせっぱ詰まった状況での運だめしにペルーを選ぶ気にはなれん。もともと、スクーナーを高く売りさばけるかどうか不安だった。楽観はまったくしていなかったし、いまははした金にしかならんと確信している。この船のなにが悪いんだと訊かれても答えようがないが、どこかに欠陥があるはずだ。でなかったら、がらくたを腹に詰め込まれて南の海へ送り出されたりなどしなかったろう。じゃあ、スクーナーを沈めてからペルーへ行くか？　それも話にならんね。上陸したあとはどうする？　そもそも、ペルーまでどうやって行くんだ？　われわれは損失を申告できないわけだから、荷主の貿易商が保険金を受け取りそこなって、無一文になるのは目に見えてる。資金源を失ったわれわれは、今度はカヤオ（ペルー西部の港町）の浜辺で物乞いをするしかなくなるんだぞ。それでもいいのか？」

「だが、ペルーなら逃亡犯罪人の引き渡しには応じない」ヘリックは言った。

「なあ、坊や、われわれが望んでるのは強制送還なんだよ」と船長。「そこが肝心な点だろう？アメリカ領事館のある島へ行って領事にサンフランシスコへ送還してもらい、貿易商を訪ねる。これが新しい計画の流れなんだ。行き先の第一候補はサモアだな。アメリカ領事館があるし、方角もちょうど風下だ。おまけにサンフランシスコ行きの蒸気船の寄港地ときてる。それに乗せてもらえば、まっすぐサンフランシスコへ行って、荷主と交渉に入れるって寸法だ」

「サモアだって？」ヘリックはうめいた。「一生かかったって、たどり着けっこないよ」

「なに言ってる。追い風がこれだけ吹いてるんだぞ！」船長は言い返す。

「航海日誌はだいじょうぶなのか？」ヒュイッシュが訊いた。

「もちろんですとも、サー」デイヴィスが請け合う。「至軽風と不定微風。突風と凪《なぎ》。推定値で平均風速五マイル。天測点なし。ポンプ稼働。気圧と温度は去年の航海の数値を記入しておけばいい。〝まさかこんなことになるとは予測できなかった〟と領事には言うさ。〝このままでは食料がなくなると……〟」船長は言いかけて途中で口をつぐんだ。「なあ、ヘリックさんよ」恐る恐るといった口調で尋ねた。「食料の備蓄は充分なんだろうね？」

「あらかじめ指示されていれば目を光らせていたんだが、ただでさえ慣れない仕事なのに、ほかにやるべきことがたくさんあったから、そこまで気が回らなかったよ」ヘリックは弁解した。「早い話が、コックは好きな物を好きなだけ作ってた」

　デイヴィスは再びテーブルを見つめた。

「わかった。わたしが細かく仕分けしよう」しばらくして、ようやく口を開いた。「一番重要なのは、投獄される危険のあるパペーテには絶対に近寄らないってことだ。残りの食料を調べてくる」

　デイヴィスは席を立つと、ランプを手に食料貯蔵室へ入っていった。

「頭のいかれたやつがもう一人ってわけか」ヒュイッシュが小ばかにした口調で言う。

「おい」ヘリックの胸で憎悪がむくむくと湧き起こった。「きみにはまだ当直が残ってるんじゃないか？　早く甲板へ出て、操舵係をやったらどうだ？」

「ずいぶんと偉そうな口をきくんだな、かわいいひよっこちゃんよ」ヒュイッシュが言い返す。「ビナクルに近づくなと言ったのはどこのどいつだ？　舵はおまえのものなんだろう？」

　ヒュイッシュはこれみよがしに葉巻に火をつけると、ポケットに両手を突っ込んで、中央部の甲板へぶらぶらと出ていった。

　そこへ、船長がびっくりするほど短い時間で戻ってきた。彼はヘリックの顔を見ようともせず、ヒュイッシュを呼び戻して再び椅子に腰掛けた。

「さてと」デイヴィスが口を開く。「残りの食料を調べてきた――ざっとだがな！」そのあと助け舟を待つかのように間を置いたが、ヘリックもヒュイッシュも不安の色をありありと浮かべ、深刻な面持ちで船長を見つめていた。船長は一段と沈んだ口調で続けた。「いいか、喧嘩なんぞしてる場合じゃないぞ。もうおしまいだってときに、それどころじゃない。二人とも残念だろうが、わたしも残念だ。いや、わたしが一番悔しいよ。だが、手の打ちようがない。万事休すだ。サモア付近まで行くのは不可能だし、ペルーへたどり着けるかどうかもわからん」

「そりゃどういう意味だよ」ヒュイッシュがぶっきらぼうに詰め寄った。

「わたしに訊かれても困る」船長は言い返した。「さっきも言ったとおり、食料を細かく分けて、あと何日もつか見積もった。まったく、ひどいありさまだ！　腹に据えかねる。この船は悪魔に魅入られたとしか思えんよ。コックのやつめ、悪魔の手下じゃないなら、極悪ペテン師だ。たった十二日だぞ！　狂気の沙汰としか言いようがない。こうなったら正直に白状しよう。小麦粉ぐらいはまだたっぷりあるだろうと高をくくってた。ところが、実際には――我が目を疑ったよ。お先真っ暗だ！　大西洋航路の定期船とは比べものにならん貧弱ぶりで、ちっぽけな釣り船程度の食料しか残っていなかった」デイヴィスはそう言ったあと仲間たちの反応をうかがったが、二人の陰鬱な表情から好ましい材料など得られるはずもなかった。怒りの勢いを借りることにした。「待ってろ、コックを問いただしてくる！」怒鳴り立て、拳骨をテーブルに打ちつけた。「チンピラ詐欺師め、ぐうの音も出ないほど徹底的に締め上げてやる。いっそのこと銃弾をぶち込んで――」

「だめだ、コックには指一本触れちゃいけない」ヘリックが止めた。「責任があなたにあるってことは、言われなくてもわかってるだろう？　南太平洋の乗組員に食料貯蔵室で好き勝手にさせれば、こうなることは目に見えていたはずだ。腹いせに暴力をふるうのはぼくが絶対に許さない」

ヘリックの断固とした反対をデイヴィスがどう受け止めたかはわからずじまいだった。なにか言い返す前に、彼は別の新たな攻撃を受けるはめになったからである。

「へへえ！」ヒュイッシュがあからさまにあざけった。「つまりあんたは、ずぼらで間抜けな、ぼんくら船長だったわけか。そんなやつが図々しくでかい面しやがって。とうとう化けの皮がはがれちまったな、ジョン・デイヴィスさんよ。この木偶《でく》の坊めが！　ペルーへたどり着けるかどうかもわからんんだと？　あんたのせいじゃないか。毎日新しい缶詰を開けろと命じたのはどこのどいつだ？　豪勢な夕食をしょっちゅう、〝いらん、桶に捨てろ〟と言ってはコックに下げさせてたのも、あんただろう？　もったいないったらありゃしねえ。朝食もそうだ。一回につき軽く十人前はあったよな。それでもあんたはもっと持ってこいと怒鳴ってた。〝わたしに訊かれても困る〟？　よくもぬけぬけと。どこまで神を侮辱すりゃ気が済むんだ？　おい、ジョン・デイヴィス、いいかげんにしねえと痛い目に遭うぜ。これ以上怒らせたら、ただじゃおかない。おれは爆発寸前なんだからな！」

デイヴィスはぼんやりした顔つきで座っていた。相手の言葉が聞こえていたかどうかも怪しいような表情だが、ヒュイッシュの声は断崖の岩棚に群れる鵜《う》の鳴き声よろしく船室内にうるさく響き渡っていた。

「それぐらいにしておけ、ヒュイッシュ」ヘリックがたしなめた。

「だったら、おまえがデイヴィスの代役を務めるんだろうな、偉ぶった気取り屋さんよ！　そりゃあ楽しみだ。せいぜい頑張ってくれ！　デイヴィスと組んで、二人でなんとかしてもらおうじゃないか。だがその前に、デイヴィスに落とし前をつけさせないとな。こいつは船に乗った最初の晩におれを張り倒しやがった。その借りをまだ返してもらってないんでね。こっちも骨の髄まで響くやつを一発食らわせてから、ちゃんと謝らせる。それであいこだ。一歩も譲らないぜ」

「ぼくは船長の味方だ」ヘリックは言った。「よって、二対一ということになる。しかもこっちの二人はまともな人間だ。乗組員たちもぼくの側につくだろう。ぼくはいつ死んでもかまわないと思っているから、その前にきみを殺すことだってていとわない。いや、そうするのが義務だろう。だから、良心の呵責をこれっぽっちも感じずに、一瞬のためらいもなく実行できそうだ。用心するんだな。命は大切にしたほうがいいぞ、ごろつきのぐうたら！」

言葉だけではなく、それを言い放つ態度も凄味があって敵意むきだしだったので、威力は絶大だった。ヒュイッシュは相手の剣幕に恐れをなして、ヘリックをただ無言で見つめるしかなかった。屈辱に甘んじてしょんぼりしていたデイヴィスも、顔を上げて自分の擁護者を見守っていた。ヘリック本人はといえば、今日一日、動揺と憤り、そして落胆の連続だったせいで、もうどうにでもなれという心境だった。ふっきれたような心地よい高揚感さえ湧いてきた。頭は空っぽになったのかと思うほど軽く、目玉は動かすと熱くひりひりして、喉はビスケットのように乾き切っている。もともと彼は凶暴な男ではないが、窮鼠猫を嚙むということわざもあるとおり、弱い者はいつでも危険になりうる。いまのヘリックも妙に肝が据わって、殺すことにも殺されることにも淡々と立ち向かえそうだった。

もう後戻りはできない。戦いの火蓋は切られたのだ。ヘリックが真っ先に口を開いて、事の決着をつけねばならないだろう。ほかの二人もそれを察して、ヘリックの次の言葉を待っていた。全員が身じろぎもせず黙りこくったまま、船室の時計が一秒、また一秒と時を刻んでいった。

その張りつめた空気を突然断ち切った声は、五月の花と同じくらい歓迎された。

「陸が見えたぞー！」甲板で抑揚をつけた歌うような声が上がった。「風上の船首に陸地発見！」

「陸地だと！」デイヴィスは叫んで勢いよく立ち上がった。「どういうことだ？　このあたりに陸地などないはずだぞ」

三人とも諍《いさか》いを途中で放り出して、いまにも死体が転がりそうだったきな臭い船室から飛び出していった。

空は海面あたりまでかすみ、オパールに似た白い輝きを放っていた。インクを溶かしたような紺色の海は不遜なほどどっしりと構えており、その向こうで弧を描く水平線は梃子《てこ》でも動こうとしない車輪を思わせる。三人は喜び勇んで陸を探したが、熟練船長のデイヴィスの視力をもってしても、海上にはちっぽけな塊ひとつ見つけられなかった。紗《しゃ》のごとく薄い雲がひとひら、ふたひら、頭上でゆっくりと空に吸い込まれていく。スクーナーのまわりで興味を引きつけるものといえば一羽の熱帯の鳥くらいで、雪片そっくりに白く静かに上空を舞い、身をひるがえすたびにのぞく長い朱色の尾羽が目に鮮やかだった。ほかには大海原と天空以外、なにも存在しない。

「誰だ、陸が見えたなどと騒いだのは？」デイヴィスが不機嫌そうに訊いた。「わたしをおちょくるつもりだったんなら、お仕置きだ。ロープでマストの上に吊るしてやる」

その言葉に動じる様子もなく、ネッド伯父さんは悦に入った表情で水平線を指差した。その方向を見ると、緑がかった玉虫色に輝くものが薄青色の空を背景にぼんやり浮かんでいた。

デイヴィスは望遠鏡をのぞいてから、カナカ人を振り返った。「あれのどこが陸地なんだ？　わたしにはそうは思えんがね」

「ずっと前に」ネッド伯父さんは答えた。「あれとそっくりなアナー環礁ってのを見たですよ。そこにたどり着くまで四時間か五時間かかりやした。陽が沈んで、また昇って。当直のカペナが言うとったです。ラグーン（環礁に囲まれた海面。礁湖）はミラみたいだったって」

「なにみたいだって？」デイヴィスが訊き直す。

「ミラです、サー」とネッド伯父さん。

「ああ、鏡《ミラー》のことか！　うむ、なるほど、ラグーンが太陽の光を反射してたんだろう。それは大いにありうる。しかし、そういう環礁が存在することをこれまで耳にしたことがないのは不思議だな。海図を調べてみよう。来てくれ」

三人は船室へ戻った。ファラローン号の現在位置を海図で確認すると、大きな空白部分の真ん中で、はるか風下側に群島が散らばっているだけだった。

「ほうれ！　自分の目で見てみろ」デイヴィスは言った。

「どうも腑に落ちないな」とヘリック。「やっぱりあそこになにかあるような気がしてならないんだ。ラグーンがああいうふうに陽光を反射しても不自然じゃない。前にパペーテで同じ話を聞いた」

「そこのフィンドレー海事事典を取ってくれ！」デイヴィスが言った。「徹底的に調べよう。この航路には小島ひとつ浮かんでいないはずなんだが」

分厚い本がデイヴィスに手渡された。フィンドレー海事事典のご多分に漏れず、その本も背が壊れかかっていた。デイヴィスはそれを目の前に置くと、ぶつぶつ言いながら、指をなめなめページをめくっていった。

「おお、見つけたぞ！　これじゃないか？」ついに大声を発すると、該当箇所を読み上げた。

「未知の島。ムッシュー・デリールの報告によれば、個人所有につき、私益に関わるため詳細は不明、位置は南緯一二度四九分一〇秒、西経一一三度〇六分。ただし、のちの王立海軍軍艦スコーピオン号、マシューーズ司令官の付記では、南緯一二度〇〇分、西経一一三度一六分の地点に孤島存在せり、となっている。おそらく同一の島を指しているのだろうが、実在するかどうかはきわめて疑わしく、南太平洋の貿易商たちのあいだでは誤情報と見なされてきたようだ」

「なんてこった！」ヒュイッシュがうめいた。

「どうもうさん臭いな」とヘリック。

「そんなことはかまわん」デイヴィスが語気を強める。「実在してくれさえすりゃ！　われわれにはそこしかないんだ。せっかくのチャンスを棒に振るわけにはいかん」

「〝個人所有につき、私益に関わるため詳細は不明〟か」ヘリックはデイヴィスの肩越しにページをのぞきこんだ。「どういう意味だろう」

「真珠がらみの可能性がある」デイヴィスが言った。「政府が把握していない、真珠が採れる島なんじゃないか？　金になる土地だってことだ。もっとも、なんの意味もない記述かもしれんが。いずれにしろ、魚だのココナッツだの、島にある食料をたっぷり調達して、サモア計画を遂行しようじゃないか。さっき、そのアナー環礁とやらにたどり着くまでどれくらい時間がかかると言ってた？　五時間か？」

「四時間か五時間だ」ヘリックは答えた。

デイヴィスは船室の戸口から甲板に向かって叫んだ。「ネッド伯父さん、アナー環礁へ行ったとき、風速はどのくらいだった?」

「六ノットか七ノットです、サー」と返事が来た。

「じゃあ、距離にして三十マイルから三十五マイルだな」とデイヴィス。「ということは、そろそろ帆をしぼったほうがいい。島が実際にあった場合、日沈後の暗闇で船首をぶつけたくないからな。島がなけりゃ、珊瑚礁の上を通過するだけだ。どっちにしろ昼間の明るいときのほうが好都合だ。上手回し、用意!」大声で命じた。

スクーナーが空を背景にちらちら輝く心もとない目的地へと船首を向ける頃には、縮帆の作業は終了していた。目指す光彩は窓ガラスに吐きかけた息の白い跡のように、すでに薄く小さくなりつつあった。

第二部　四重奏

第七章　真珠採り

午前四時頃のことだった。深夜から休みなく騒いでいる白波を前に、船の手すりに並んで座っていたデイヴィスとヘリックは、同時にさっと立ち上がった。二人とも目を凝らし、耳を澄ました。絶え間ない波音は通り過ぎていく蒸気機関車のように一本調子で響いている。高低や強弱の変化はまったく感じ取れない。まだ見ぬ島を背にして、海面は相変わらず規則正しくふくらんだりしぼんだりを繰り返している。ヘリックは波の咆哮にかすかでも変化はないかと待ち続けたが、時はむなしく過ぎるばかりで、永遠無窮の圧力が心に重くのしかかってきた。船長の熟練の目をもってしても、星のまたたく天穹の裾に島影らしきものはとらえられずにいた。スクーナーをいったん停船させ、船首を風に向けたまま、あたりが明るくなるまで慎重に観察を続けることになった。

朝雲は一朶《いちだ》も見当たらない。ようやく東の空が端だけ白み始め、ほのかで神々しい、深紅と銀色を混ぜたような名状しがたい色合いを帯びたあと、燃える石炭のごとく赫奕《かくえき》たる光彩を放った。それはしばらく水平線上で明滅したあと、いっきに大きく広がったが、夜と星が支配する世界は依然としてびくともしなかった。曙光は部屋を火事から守る分厚い不燃性のタペストリーに散った火花と同様、燃え上がらずにただくすぶるだけだった。けれども、それから少し経つと東の空全体が緋色と黄金色に染まり、天空のくぼみは陽光に満たされた。

問題の島が——存在さえ定かでなかった未知の島が、とうとう眼前に姿を現わした。すでに舷側のすぐ向こうに迫っている。こんなにも神秘的で繊細な光景は夢のなかでさえ見たことがない、とヘリックは思った。砂浜は純白に輝き、延々と続く木立の壁は目にしみるほど鮮やかな緑。海抜は十フィートといったところか。樹木の背はもっと高く、その三倍はありそうだ。スクーナーが北に向かって沿岸を航行していくと、そこここの林の切れ間から、細長くのびる陸地の向こうにラグーンがのぞき、垣根越しに庭を眺めている気分にさせられた。さらにもっと遠くの、環礁の向こう端まで見通せ、朝の空を背景に鉛筆を集めたような木々が立っていた。ヘリックはこの光景を形容する言葉を探したが、的確な表現がなかなか見つからなかった。水に沈めた巨大な甕《かめ》の縁。あるいは、森のなかで草木とともに生長した環状鉄道の土手。外洋の猛る荒波の真ん中で、いかにもか細く弱々しげで、はかなげだった。このまま音もなく海中に没し、たちまち波にのみこまれたとしても、不思議はないという気さえした。

そうしている間に船長は檣頭の横材にのぼって、望遠鏡を片手に偵察に余念がなかった。島を端から端まで見渡し、進入路を探しながら所有者の有無を、人が住んでいる気配をうかがっていた。しかし、島は林の切れ間から現われたかと思うと緑のマントにぱっと覆われるの繰り返しで、依然として人家や住民の姿はおろか、空に立ちのぼる煙一本見当たらない。上空では海鳥の大群が舞い、ひらりと身を躍らせては獲物めがけて青い海原へ急降下していく。ココヤシとパンダヌスの木が縁取る海岸線はわびしいたたずまいだが、森閑とした心地よさそうな緑陰が続いている。その深い静寂を破るものは、海の鼓動が生む打ち寄せる波の音だけだった。

微風のため、航行速度はゆるやかだ。強烈な陽射しにじりじりと灼かれ、甲板が熱い。黄色味がかった真鍮のような空を見上げると、ちょうど真上でやはり真鍮のような太陽が燃え盛っていた。船板の継ぎ目で瀝青《ピッチ》が泡を吹き、頭蓋骨の中では脳みそが煮えたぎっている。そして冒険者たちの興奮は最高潮に達し、三人とも熱に浮かされたようになっていた。乗組員たちも小声で話しながらうなずき、間近に迫ってきた島を指差し、大事な話を立ち聞きしているかどこかに盗みに入っているかのように、ときおりなにやら耳打ちし合っている。船長が檣頭の横材からほとんど身振り手振りだけで指示を与えると、乗組員たちは意図がわからなくても忠犬よろしく黙々とそれに従った。咆哮をあげる波浪にもまれながら突き進んできた帆船は、いま静かに人けのない島へと近づいていった。

果てしなく続くかと思われた細長い陸地にようやく切れ目が現われた。切れ目の片側には珊瑚砂の堤がのびており、もう一方には木立が視界をさえぎるほど高くこんもりと茂っている。そのあいだに巨大な水盤の入口が開いていた。一日に二度の満ち潮で、細い口に押し寄せた海水がこのもろい器を一杯にする。一日に二度の引き潮で、海水は細い口から我先にと逃げ出していく。ファラローン号が到着したのは、ちょうど満潮の時刻だった。帰巣本能を持った鳩のごとく、狭い門を通り抜けて隠れ家へと戻ってきた海は、まるで錬金術でも使ったかのようにまったく別の顔に変わる。騒がしい白波はかき消え、満々と水をたたえたその表面は水を織り込んだシルクと見まがうほどだ。目的地へ船首を向け詰め開きで帆走するスクーナーは入口へ流れ込む潮流にとらえられ、おもちゃの船のように運ばれていった。海面を滑るように、または飛ぶように進み、岸辺の木々の陰が甲板をさっとかすめた。水流の底が一瞬視界をよぎったかに思えた直後、ラグーンの真ん中に浮かんでいた。水は澄んでいて、水中でたわむれる色とりどりの熱帯魚や、海底を思い思いの形で埋めつくしている珊瑚の薄青色の花がそこかしこに見えた。

ヘリックは放心したまま立ちつくしていた。幻想的な光景に恍惚となり、満ち足りた思いに包まれた。感動のあまり過去からも現在からも切り離され、投獄の恐怖も飢餓への不安も記憶のかなたへ遠ざかった。捨て鉢になって、その場しのぎの方法を探し、手当たり次第に略奪するつもりで島へ来たことすら忘れ去っていた。虹のように多彩で、オウムのように色鮮やかな熱帯魚が、すぐそこでたわむれている。スクーナーが水面に落とす日陰でしばし休憩するのもいれば、よけて通り過ぎ、水中まで射し込んだ陽光に極彩色のうろこをきらりと輝かせるのもいる。熱帯魚の群れは小鳥のように美しく華やかで、音もなくつっと泳ぐ姿は流れる歌の旋律のごとく胸にしみた。

一方、マストの横木に座っているデイヴィスの視界では、ラグーンのなにもない空っぽの水面が広がり、海岸線の林がリールから繰り出された釣り糸のように長々と続いていた。相変わらず人が住んでいるしるしは見当たらない。速やかに内海へ進入したスクーナーは、水深がだいぶ深そうな北側へ向けて航行していたが、いまや、片側に立ちふさがっている背の高い生い茂った木立すれすれに進んでいた。島の岸全体のうち、奥の入り江だけがまだ姿を隠したままだった。そのとき舞台の幕が上がったように急に視界が開け、ひっそりと横たわる平穏な安息所がようやくお出ましになった。そのなかに人家の屋根が見えた瞬間、船長は驚愕のあまり言葉を失った。

それでも、新しい発見はファラローン号の甲板にいる者たちへ即座に伝えられた。にぎやかな町ではなく、むしろ小さな集落がへばりついた田舎の農場という風情で、家畜小屋と納屋が並んで長い列を作っている。そこから少し離れた片側には広いベランダのついた邸宅、反対側にはおそらく昔から島に住んでいた者たちの住居だろう、掘っ立て小屋が十軒ばかり建っている。ほかには鐘楼のある建物と、礼拝堂らしき特徴をお愛想程度にそなえた粗末な建造物がひとつずつ。それから正面の砂浜を見ると、頑丈そうなボートが複数引き揚げられており、陽にさらされたラグーンの浅瀬に向かって積み重ねた木材が連なっていた。桟橋の端には旗竿が立てられ、イギリスの国旗がひるがえっている。浜の奥と左右、そして上方には、この集落を隠していたのと同じ背の高いヤシの木立が迫り、揺れる緑の扇の屋根を長く伸ばして、風に曲がったり波打ったりしながら一日中澄んだ歌声を響かせている。この世のものとは思えない幻想的な光景だが、様子からすると人が実際に暮らしている現役の村らしい。にもかかわらず、なぜか打ち捨てられたような匂いが鼻につんときそうなほど強烈に漂ってくる。家屋のまわりを行き来する人は誰もおらず、生活の営みの音や話し声、笑い声などもいっさい聞こえない。だが人の姿がまったくないわけではなかった。浜辺の小高い場所、桟橋から遠くない地点に、異様に大きな純白の女性の彫像が立っていて、こちらへおいでと手招きするように腕を差しのべている。よく見ると、それは海軍の置き土産だとわかった。長年にわたって海上を走り、いくたびも大波をかぶってきた軍艦の船首像が、現在は陸に上がって空っぽの村の象徴かつ守り神としてまつられているのだった。

いま吹いているのは、どの方向へもなめらかに帆走できる便風《びんぷう》で、しかも陸の陰よりもラグーン内のほうが強かった。盗まれたスクーナーは快調に進み、変化に富むパノラマ風景を滑るようになぞっていく。目の前で次々に展開する新鮮な眺めに、船上の冒険者たちは圧倒され、唖然としていた。国旗は雄弁な語り手だった。旗竿のてっぺんで翩翻《へんぽん》とひるがえる布は、ぼろぼろでもなければ、色褪せてもいない。荒廃した戦場に昔立てられた勝利宣言の旗とはちがう。さらに、邸宅のベランダの奥で薄闇に光るグラスと、ひらひら揺れる白いリネンで、確信は一層強まった。この集落の長《おさ》が、砂浜で永遠に同じ姿勢でたたずんでいる病的に白い肌の船首像だけだったなら、島はすぐに崩壊してしまっただろう。実力者の指揮のもと、大勢の者たちがせっせと手足を動かし、時計仕掛けの歯車のようにたゆまず労働に励んできたからこそ、これだけの暮らしが維持されているのだ。ファラローン号の者たちは皆そう考えて、生きた人間の姿がどこかにないかヤシの葉陰に目を凝らした。まるで全員の視線を束ねれば眼力が増して、家屋の壁さえ貫けるとでもいうように。だがすぐに彼らは、監視されているのは自分たちのほうだという気がしてきた。優位な立場の相手にこっそり見張られ、いつどこから攻撃されるかわからない。その緊迫した空気は耐えがたいほど重くのしかかってきた。

通過したばかりの林の岬は入り江を抱きかかえるようにして伸びているため、そこを完全に回り込むまで、スクーナーにいる者たちにとって入り江の奥は死角になっていた。ようやくいま、小さな港から一艇のボートが勢いよく飛び出してくるのが見えた。続いて男が大声でこちらを呼ぶのが聞こえた。

「おおい、スクーナー！」と男が叫ぶ。「船を桟橋の方向へ！　あと二鏈《れん》（一鏈はイギリス海軍方式で一八五・四メートル）進めば水深二十尋《ファゾム》地点ですから、錨を下ろせますよ」

ボートの漕ぎ手は褐色の肌をした二人の男だった。どちらも小さな青いキルトを身につけているだけで、裸に近い恰好だ。舵をとりながら水先案内をする男は、いかにも南国風の白い服を着て、顔のほぼ全体がかげるほど大きなつばの帽子をかぶっている。頑健そうないかつい体格だということは見て取れた。話し方からすると紳士だろう。わかるのはそれくらいだった。

集落の住人たちはどうやら洋上のファラローン号にだいぶ前に気づいて、迎える準備をしていたらしい。

ファラローン号は相手の指示に従って停泊した。そのあと冒険者三人組は船尾の船室の横でひとかたまりになり、胸の高鳴りをおぼえながら、自分たちにとってきわめて重要な存在になるであろう未知の人物の登場を待ちかまえた。彼らはなんの計画も、なんの作り話も用意していなかった。そんな時間がどこにあっただろう？　とうとう現行犯でつかまってしまったわけで、いまや生殺与奪の権利は相手にある。乗り切るためにはわずかな見込みにすがるしかない。三人とも不安でいっぱいだったが、そこにはうっすら希望もまじっていた。この島が公式な記録に載っていないということは、ここに公的機関が置かれている可能性も低いわけで、相手の男は三人に正式書類の提示を求める立場にはないかもしれない。それに、フィンドレー海事事典が正しければ――実際に孤島が存在したのだから、記述がある程度信頼できることはすでに明らかだ――男は〝私益〟の代表者なのだろう。よって、ファラローン号の到来に気づいたときは厄介なことになったと思ったはずだ。ひょっとすると、相手の懐に余裕があって、こちらの沈黙を金で買おうと申し出てくるのではないか？　そうなればしめたもの。冒険者たちの胸に期待感がじわりと湧いた。

ボートは早くもファラローン号に横付けしていた。大事な交渉相手の姿がようやく見えた。かなり大柄な人物だった。背丈は六フィート四インチくらいで、活力みなぎる強靭そうな体格の持ち主だ。発達した筋肉とはちぐはぐなことに、無気力にも見える物憂げな態度を全身にまとわりつかせているが、その印象を打ち消すものがひとつだけあった。それは明敏さと柔和さが奇妙な具合に入りまじったまなざしである。硬く重たい石炭にトパーズの華やかな輝きを加えたような独特の目、健康そのものの精悍な男の目だ。人によっては猛々しい怒りとすさんだ心をそこに読み取るだろう。肌はもともと浅黒いうえに南国暮らしですっかり日に焼け、ぱっと見ただけではタヒチ人とほとんど見分けがつかないほどである。しぐさや態度、そして火打ち石から放たれた火花のような鋭い生命力に、かろうじてヨーロッパ人らしさが残っていた。身につけているのは上等な仕立ての白い上下で、海軍士官の暑地勤務用の軍服だとわかる。ネクタイもスカーフも淡い色のシルクだ。彼の脇の漕ぎ手座にはアメリカ製のウィンチェスターとおぼしきライフル銃が立てかけてある。

「船医はどこですか？」男はスクーナーへ乗り込もうと舷側をのぼりながら訊いた。「シモンズ博士が乗っているはずだが。えっ、そんな名前はご存じない？　トリニティ・ホール号のことも？　ああ！」

そう言いながらも落胆した顔つきではなく、礼儀正しい態度の裏に感情をしまい込んでいるように見受けられた。だが新参者の白人たちに対する興味は押し隠そうとせず、突如湧いた好奇心を不作法なほどむきだしにした目で三人を順にじろじろ見た。「ほほう、なるほど！」観察の結果、合点が行ったらしい。「どうやらちょっとした手違いがあったようですな。まあ、せっかくお越しになったんですから、私でなにかお役に立てるかどうか事情をうかがうとしましょう」

そう言い終える頃にはファラローン号の甲板に降り立っていたが、近寄りがたい態度を崩さないだけの知恵は身につけていた。調子のいい成り上がり者や正体もなく酔っ払った者だったら、どんな相手にもなれなれしく無遠慮にふるまっただろうが、三人の冒険者たちはさすがにそこまで鈍感ではなかったから、誰も握手の手を差し出さなかった。

「手違いってほどのことじゃありません」デイヴィスが説明を始めた。「偶然ですよ、ただの。この島の存在は知っていました。海事事典に個人所有の島と出ているのを読んだことがあったんです。たまたま遠くの空にラグーンが反射する光を見つけたんで、針路をそこへ向けてみたってわけでして」

「この島を侵略するつもりはこれっぽっちもないさ!」ヒュイッシュが余計な口をはさんだ。

虚をつかれたらしく、男は軽い驚きの表情でヒュイッシュを見つめた。そのあと冷淡にぷいと顔をそむけた。侮辱をここまであからさまにした態度も珍しいだろう。

「当方にとっては渡りに船かもしれません」男は言った。「私のスクーナーは予定を過ぎてもまだ戻ってこないんですよ。代わりにあなた方に頼めれば非常に助かるのだが。この船をチャーターしたいと言ったら、応じてもらえますか?」

「ええ、たぶん」デイヴィスは答えた。「条件次第ですが」

「アトウォーターといいます」男が自己紹介した。「あなたが船長ですね？」

「そうです。この船の船長、ブラウンです」デイヴィスはそう名乗った。

「ちょっと待った！」ヒュイッシュが横から言った。「公平にやってもらわないとな。彼は甲板の上では大将だが、甲板の下ではちがう。誰か一人だけが偉いんじゃなくて、三人とも平等だ。一緒に組んで航海を始めたんだからな。それに、商取引のことなら、おれだって詳しい。みんなで船室へ入って酒でも飲みながら、じっくり話し合おうじゃないか。この船には上等のシャンパンを積んでるんだぜ」そう言ったあとにウインクして見せた。

相手の男の紳士然とした冷静な態度のせいで、ヒュイッシュの粗野な言動がまるで蠟燭で照らし出されたかのように赤裸々になった。見るに見かねたヘリックは、とっさに自分が盾になろうと口をはさんだ。

「自己紹介の続きに戻りますが、ぼくはヘイといいます」ヘリックも偽名を使った。「ぜひ船室へいらしてください」

アトウォーターの関心はすぐにヘリックに移った。「大学を出ていますね？」

「はい、オックスフォード大学のマートン校です」ヘリックは答えてすぐ、軽はずみにも事実を漏らしてしまったことに気づいて赤面した。

「ほう、オックスフォードですか。私はもうひとつのほうです」アトウォーターは言った。「ケンブリッジ大学のトリニティ・ホール校出身でしてね。それで自分のスクーナーにトリニティ・ホール号と名付けたんですよ。いやはや、これは奇遇。ずいぶんと変わった場所で出会いましたな、ミスター・ヘイ！　場所だけじゃない、あなたの仲間も変わった面々ばかりだ」ほかの二人に対して無礼なことをずけずけと言った。「ええと、こちらの紳士の名前は？」ヒュイッシュのほうを示して訊いた。「さっき名乗ってもらったのかもしれないが、聞き逃したようだ」

「おれはヒュイッシュだよ」うっかり本名を伝えてしまい、今度はヒュイッシュが赤面する番だった。

「ほう」それだけ言って、アトウォーターは再びヘリックのほうを振り向いた。「ミスター・ウィッシュが……」訛《なまり》を正確に聞き取れなかったようだ。「シャンパンという言葉を口にしましたが、この船の積荷なんですか？　それとも、もともと意味もないことをべらべらしゃべる癖があって、衝動的に口走っただけの他愛のない戯言ですか？」

ヘリックは不快感をおぼえた。他人の船に乗り込んできて、乙に澄ました態度で神経を逆撫でするようなことを言うアトウォーターには我慢ならなかった。自分だけ彼と同等に扱われ、ほかの二人の仲間は冷遇されているという構図は、最初のうちこそ意志に反して嬉しかったが、だんだん腹が立ってきた。身体じゅうの血管を怒りの感情がぐるぐると駆けめぐっている。

「詳しくは知りませんが」ヘリックは答えた。「カリフォルニア産だそうです。まずまず上等なシャンパンではないかと」

アトウォーターは意を決した顔つきになった。「わかりました。では、こうしましょう。今夜、そのシャンパンをバスケットに何本か入れて、三人で拙宅へいらしてください。紳士方をお迎えするためになにか料理を用意しておきますよ」いったん切って続けた。「ところで、この船についてどうしてもうかがっておきたいことがあります。天然痘にやられていないでしょうね？」

「天然痘にかかっている者は誰もいません」ヘリックは答えた。「ただし、この船では過去に天然痘が発生したことがあります」

「亡くなった人はいますか？」アトウォーターが尋ねる。

「はい、二名ほど」ヘリックは答えた。

「そうですか。恐ろしい病気ですからな」とアトウォーター。

「この島ではどうなんだい？」ヒュイッシュが訊いた。「天然痘で死人が出たことは？」

「ありますとも、二十九名」アトウォーターは言った。「三十三の魂のうち三十一が感染し、二十九が命を落としました。人口の単位に魂を使うとは変わっているでしょう、ミスター・ヘイ？　島では口に出して言ったことはありませんが、私も最初は驚きました。もちろん、いまでも不思議です」

「どうりで無人島に見えたわけだ」とヒュイッシュ。

「ええ、そういうことです、ミスター・ウィッシュ。家は空っぽで、墓場は満杯という状況ですからね」アトウォーターが言う。

「三十三人中、二十九人か！」ヒュイッシュは声をあげた。「そりゃ、埋めるのが大変だったろうな――もしかして、あんたも手伝ったのかい？」

「もちろんですよ」アトウォーターが答える。「お手上げ状態になったこともありましたがね。その日は朝、五人死んで、死にかけている者も十三人いましたので、外を歩きまわれるのは教会の堂守と私だけでした。そうなると、もう戦場と同じだ。どうすればいいのか作戦会議を開いた結果、水を入れた空き瓶をいくつもくくりつけてラグーンに沈めることにしました……水葬ですよ」アトウォーターはラグーンを振り返り見た。視線の先では水面が明るく光っている。

「さて、今夜うちへ食事に来ていただくということで、よろしいですね？　六時半でいかがでしょう。では、その時刻に。楽しみにしていますよ！」

こうした儀礼的な言い回しを用いるときのアトウォーターは、急に嘘っぽい不自然な口調になった。ヘリックもつられて、無意識に彼の言い方をまねて答えた。

「はい、六時半ですね。お招きにあずかり光栄です。喜んでうかがいます」

大砲の響きに和して、我が声轟《とどろ》きたり
全軍、深き感銘のうちに戦端を開けり

アトウォーターは〈海賊のセレナーデ〉（ウィリアム・ケネディ作詞、ジョン・トムスン作曲、アレクサンダー・ボール編曲の十九世紀の歌）の歌詞を引用して、微笑を浮かべたが、たちまち葬儀の参列者のごとく厳粛な表情に変わった。「特にミスター・ウィッシュ、あなたにはぜひともお越し願いたい。招待に応じていただけるでしょうね？」

「ああ、いいとも。絶対に行くよ、ダチ公の旦那！」ヒュイッシュが愛想よく答える。

「それはよかった。約束を守ってくださるものと信じていますよ」アトウォーターは言った。「そうだ、こうしましょう。ミスター・ウィッシュとブラウン船長殿には必ず六時半にお越しいただき――ヘイ君、きみはそれより早く、四時きっかりに来てもらいたい」

そう言い残し、アトウォーターは自分のボートを呼んだ。

この話し合いのあいだ、船長は胸に重くのしかかってくる懸念や不安に押しつぶされそうになっていた。もともと彼は豪放磊落《らいらく》で、情に厚い性格である。だが今日は口数が少なく、上の空の様子だった。当人のことを知る者であれば、彼が会話に注意深く耳を傾け、その一言一句について熟考し、秤《はかり》にかけているのだと察するだろう。しかし、彼の表情から慎重さや冷静沈着さ以外に、無警戒な相手に対してよこしまな計画を練っているらしい不穏な徴候まで読み取るのは難しかった。それはこっちにちらり、あっちにちらりと顔をのぞかせた。ヘリックは目に留めたものの、たちまち淡雪のごとく消えてしまったため、たぶん気のせいだろう、自分のつまらない憶測にすぎないのだと内心で否定した。もしも明確に表われていたら、その男の髪の一本一本がよからぬたくらみを大声で暴露していることに誰もが気づいたはずなのだが。

船長は突然びっくりしたように我に返り、アトウォーターに向かって尋ねた。「船のチャーターがどうとかとおっしゃいましたね？」

「え？　ああ、そうですが」アトウォーターは答えた。「その件はいずれまた」

「あなたのスクーナーは到着が予定より遅れているんでしょう？」デイヴィスはかまわず話を続けた。

「おっしゃるとおりです、ブラウン船長」アトウォーターは認めた。「今日の正午で三十三日遅れていることになります」

「定期便なんですか？　ここと……どこかのあいだを往復しているわけですね？」デイヴィスが探りを入れる。

「ええ、そういうことです。四カ月おきに年に三回、行き来させています」

「あなたはその船で通っておられるんですか？」デイヴィスがなおも訊く。

「いえいえ、この島に常駐する者が誰か必要ですからね」アトウォーターは答える。「あれやこれや、やるべきことがたくさんありますので」

「常駐？　本当ですか？」デイヴィスの声が大きくなる。「いったい、どのくらいここに？」

「ふん、どのくらいでしょうね。とんでもなく長いってことは確かですよ」アトウォーターは完全に機嫌を損ね、怒りを含んだいかめしい顔つきで答えた。そのあとで、微笑を浮かべてつけ加えた。「もっとも、さほど長くは感じませんがね」

「ああ、そうでしょう、そうでしょう」とデイヴィス。「神の思し召しがあれば、それが当然です。神とともに生きる者にとって、この島は実に居心地のいい恵まれたねぐらでしょうな」

デイヴィスは陸地のほうへさっと視線を走らせた。

「ええ、ご想像どおり、ここでの暮らしは耐えられないほどひどいわけじゃありません」という返事が返ってきた。

「貝は獲れますか？」デイヴィスが尋ねる。

「ええ、獲れますよ」

「これだけ広大なラグーンなら、自然の恵みの宝庫でしょうな」とデイヴィスがしつこく食い下がる。「あれの漁場にも適しているんじゃないですか？　あれも漁業と呼んでいいのかどうかはわかりませんが」

「あれとはなんですか？　はっきりおっしゃっていただかないと、こっちは見当がつきませんよ」アトウォーターは言った。

「真珠も採れるんでしょう？」

「ええ、真珠も採れます」アトウォーターがそっけなく答える。

「降参だ！」デイヴィスは豪快に笑ったが、その笑い声はまちがった箇所に無理やりはめた断片のごとくぎしぎしと耳障りに響いた。「話すつもりはないってことですな。だったら、しょうがない。これで打ち切りにしましょう」

「島について秘密にしておかねばならない理由はひとかけらもありませんよ」アトウォーターはそう切り返した。「あなた方の来航で秘密はもう秘密でなくなったわけですから、隠しておいても無駄でしょう。いずれにせよ、あなた方紳士やミスター・ウィッシュと同様、私も最初から気さくな態度でざっくばらんに話すべきだったと思っています。ただ、互いに意見の異なる点があるようでして——あえてそう表現しておきますが——時期だの季節だのといった問題は無視できないんですよ。ほかにもいろいろと知識や情報を持っていますが、明かすつもりはありません。ともかく、今夜またお会いしましょう！　さよなら、ミスター・ウィッシュ！」

アトウォーターは自分のボートへ乗り移って、ファラローン号の舷側から離れた。「最後にもう一度確認しよう。船長とミスター・ウィッシュは六時半、ヘイ君、きみは四時ちょうどに来てくれたまえ。いいね？　いやとは言わせないよ。きみが指定の時刻に現われなかったら、宴会は取りやめ。歌も酒もごちそうもなしだ。ミスター・ウィッシュがさぞかし悲しむだろうよ！」

白い海鳥たちが上空をひらひら飛び交い、水中ではまだら模様の熱帯魚が色鮮やかに群れ泳いでいる。それらにはさまれた海面では遠ざかっていくボートが、天と地のあいだで宙吊りになっているという伝説上のマホメットの棺を思わせ、その影がラグーンの底のきらめく珊瑚礁の上を浮遊するように滑っている。アトウォーターはボートのなかで腰を下ろし、首だけ後ろに向けてファラローン号をまっすぐ見つめていた。とうとうボートが桟橋に着くまで、後甲板の船室の脇に立っている男たちから一瞬たりとも目をそらさなかった。そのあとボートから降りたアトウォーターは、きびきびとした動作で足早に浜を横切り、陸地の奥へと戻っていった。しばらく木立の下の市松模様めいた薄暗がりに彼の白い服がちらちら光っていたが、やがてそれも家屋の入口にのみこまれた。

船長は身振りと表情で黙って冒険仲間たちに合図し、船室のなかへ促した。

「さてと」三人とも着席してから、デイヴィスはヘリックに向かって言った。「少なくともひとつ、有利な条件が手に入った。あいつはおまえさんをひどく気に入っている」

「それのどこが有利なんだい？」ヘリックが訊く。

「いまにわかるさ。必ずうまく行くから見ているがいい」デイヴィスは自信満々だ。「とにかく、おまえさんは約束どおり一足早く上陸して、彼と仲良くしてくれればいい。それで万事順調だ！　おまえさんはきっと得点をがっぽり稼いでくれるだろう。あの男がなにをどれだけ所有しているか、船をチャーターする目的はなんなのか、探り出せるはずだから。ああ、それから、島にいるもう一人の生き残り、第四の人物についてもだ。向こうは四人、こっちは三人。人数では負けてるな」

「探り出したあと、ぼくにどうしろと言うんだ？」ヘリックは声を荒らげた。「はっきり答えてくれ！」

「ちゃんと答えるさ」船長は言った。「その前に事の次第をしっかり把握しておこうじゃないか、ロバート・ヘリック君」居丈高な、もったいぶった態度で続けた。「ファラローン号の航海は当初の計画どおりには行かなかった。見込みがはずれ、思いもよらぬ方向へ転がったんだ。それはわかってるな？　もしもこの島が偶然見つからなかったら、いま頃われわれは、おまえさんもわたしもヒュイッシュも、いったいどうなっていたことやら」

「ああ、わかっている」ヘリックは答えた。「誰のせいでそうなったにせよ、現状については正しく認識している。だから、これからどうするつもりなのか教えてくれ」

「誰のせいでそうなったにせよ、だと？　ふん、あてこすりをありがとうよ。おかげでいやなことを思い出させてもらった。とにかく、いま肝心なのはアトウォーターだ。あいつのことをどう思う？」

「わからない」ヘリックは答えた。「魅力的に感じると同時に、嫌悪感をおぼえた。あなたに対する態度はいただけない。はっきり言って、無礼だ」

「おまえの意見は、ヒュイッシュ？」船長が訊いた。

ヒュイッシュは愛用のブライアー・パイプの掃除をしているところで、その作業を続けたまま顔も上げずに答えた。「おれに訊くなよ！　あの野郎をどう思ってるかは、いつか本人にじかに言ってやりたいぜ！」

「つまり、ヒュイッシュもわたしと同じ意見だってことだろうな」デイヴィスは言った。「この船に我が物顔で乗り込んできたときから、いけすかない野郎だと思ったね。〝見よ、私がアトウォーターだ〟と言わんばかりの偉そうな態度だった。ははあ、さようでございますか！で、たちどころにわかった。こいつは一筋縄じゃいかないってな。毛並みのいい上流階級の男の見本みたいなやつだ。〝ちぇっ！〟だの、〝こんちくしょう！〟だの、そういう品のない言葉は絶対に使わないんだろうよ。あれぞまさしく本物の貴族。生まれつきの純血種で、血統書つき。だからシャンパンのごとくきりっとして、釘のごとく硬い。要するに、頭の切れる無慈悲なやつってことだ。さぞかし抜け目がないんだろうよ。一分の隙もなく防御を固めてる印象だった。じゃあ、そういう男がこんなちっぽけな島でいったいなにをやってるんだ？　ただ卵を集めてるだけのはずはない。御殿のような家に住んで、召使いたちにかしずかれてるんだからな。やつがこの土地に居座ってる大事な目的が絶対にあるはずなんだ！　ここまではいいか？」

「ああ、聞いてるよ」ヒュイッシュが答えた。

「つまり、この島でなんらかのうまい商売をやってるってことだ」船長は続けた。「それで十年以上にわたって、がっぽり稼いできたんだ。さあ、儲けの大きい商売とは？　言うまでもなく、真珠と貝殻だ。まわりに海しかない土地で、ほかになにがある？　貝殻のほうはトリニティ・ホール号で定期的に運び出して、売上金はじかに銀行へ振り込まれるんだろうから、われわれには手をつけようがない。だが真珠のほうはどうだ？　もうひとつの金のなる木は、島のどこかに貯蔵してるんじゃないのか？　ああ、そうにちがいない！　根拠その一、真珠は他人の手に預けて運んでもらうには高価すぎる。根拠その二、真珠の取引は手間がかかる。売り先を見つけて、値段交渉しなけりゃならん。買い手のほうからここへ足を運んできたとしても、相手の言い値でほいほい売り渡すのは馬鹿な間抜けがやることだ。アトウォーターは馬鹿でも間抜けでもない」

「なるほど」とヒュイッシュ。「そうかもな。確証があるわけじゃないが」

「確証はある」デイヴィスがぶっきらぼうに言い返す。

「だとしたら、どうなる?」ヘリックが言葉をはさんだ。「全部そのとおりで、アトウォーターがこの島のどこかに真珠を——十年分の収穫をしまってあるとしたらどうなる? ぼくが知りたいのはそれだ」

船長はテーブルの上に置いた肉厚の手で木の表面を太鼓のように叩きながら、ヘリックの顔をまっすぐ見据えた。ヘリックのほうはテーブルに視線を落とし、船長の小刻みに動く両手の指を凝視した。投錨している船はゆらゆらと静かに揺れ、それに合わせて船室内に射し込む陽光が二人のあいだを行ったり来たりした。

「聞いてくれ!」ヘリックが急に大声をあげた。

「いや、こっちの話が先だ」デイヴィスがさえぎった。「わたしの言うことをじっくり聞いて、理解してもらいたい。おまえさんはどうだか知らんが、わたしとヒュイッシュはあの男が大嫌いだ。やつはおまえさんとは同類でも、われわれとはそうじゃないし、おまえさんには一目置いてるが、わたしとヒュイッシュのことは平然と侮辱した。だからやつの命を救う役目はおまえさんが負えばいい」

「命を救う？」ヘリックは意味がのみこめず、訊き返した。

「やつを助けたけりゃ、そうさせてやってもいいってことだ」デイヴィスは片手の拳を握りしめ、テーブルに叩きつけた。「陸へ上がって、アトウォーターを説得してこい。向こうが素直に聞き入れて、真珠をわれわれの船に積み込むことに同意すれば、命だけは助けてやろう。話がまとまらなかった場合は、墓がもうひとつ増えることになる。どうだ、ヒュイッシュ？　それならおまえの怒りもおさまるだろう？」

「おれは寛大な男じゃない」ヒュイッシュは言った。「だけど、せっかくの儲け話をふいにするつもりもない。わかったよ、好きにすりゃいい。あいつを真珠と一緒にこの船に乗せようじゃないか。どこか適当な場所で置き去りにしていくのも面白そうだしな。よし、この話、乗った！」

「待てよ、ぼくには無理だ！」ヘリックは顔に汗をしたたらせながら叫んだ。「全能の神じゃあるまいし、そんな難しいことができるわけないだろう！　失敗したらどうする？」

「いいか、坊や」デイヴィスは言った。「全力を尽くすことだ。必死でやれ。血を見たくなければな！」

「そうだそうだ！　ひゃっほう《クライキー》！」ヒュイッシュがはやしたてる。「せいぜいがんばれよ」へリックに向かって、歯の抜けた口でにやりと笑いかけた顔は、背筋がぞっとするほど残忍に見えた。ヒュイッシュの使ったなんということのない言い回しに、ヘリックの耳の奥で戯《ざ》れ歌を合唱する声が響いた。二十年前にロンドンで聴いた記憶がよみがえったのだ。あのときは駄洒落のような他愛のないものに思えたが、いまは神を冒瀆する罰当たりな歌に感じられた。〝ハイキー、パイキー、クライキー、ファイキー、チリンガワラバドーリー〟

船長は顔色ひとつ変えず、次のような言葉で話をしめくくった。

「こういう状況で、ほかの船長だったら、絶対におまえさんを上陸させないだろう。だがわたしはちがう。おまえさんは決して裏切らないと信じているからな、ヘリック！」デイヴィスはあらたまった口調で力強く言ってから、唐突に席を立った。

船室から出る前に船長はドアのそばで振り返り、狂犬が吠えるような荒々しい声でヒュイッシュを呼んだ。ヒュイッシュは慌ててついて行き、ドアが閉まった。室内にはヘリック一人が残された。

「まあ、見ているがいい」デイヴィスはヒュイッシュに小声で告げた。「ヘリックがどういう男かはわかっている。いいか、彼に余計なことを言うんじゃないぞ。おまえが口を開くと、なにもかもぶち壊しだからな」

第八章　親交を深める

引き返していったボートは、すでにファラローン号とのあいだの中間あたりまで進んでいた。それを見送ってから、ヘリックは陸地のほうへ向き直り、気が進まないまま桟橋をとぼとぼと歩き始めた。砂浜の一番高い場所から、例の船首像がヘリックを心なしか冷淡な目つきでまっすぐ見下ろしていた。兜をかぶった頭を後ろへそらし、たくましい腕を上げ、海上に浮かぶファラローン号に向かって貝殻か石でも投げつけようとしているかのようだった。非常に好戦的な感じがする。島を守ろうと入口の浜辺に出てきて、いまにも飛び立とうとする勇ましい姿のまま静止し、永遠の時間のなかに閉じ込められている。ヘリックは真下へ行って、彼女を見上げた。自分のほうへ覆いかぶさってきそうな頭部と肩を眺めるうち、好奇心と思慕が混ざり合った奇妙な感情が湧いてきた。いつの間にか、彼女がたどってきた人生について夢見心地で思いを馳せていた。長年にわたって船首で荒波にもまれてきた盲目の案内人。陸に上がってからもずいぶん長いこと、砂浜で強い陽射しにじりじりとあぶられてきた。もっとも、肌には火ぶくれひとつできていないが。数々の冒険もここで終焉を迎えるのだろうか？　それとも、まだなにかあとに残されているのだろうか？　彼女は女神ではないし、自分自身も偶像崇拝者ではないが、心の隅ではそれを残念に思った。難しい使命を背負わされたいま、彼女の前でこうべを垂れて祈りたい気分になる。

船首像から離れて歩きだし、葉の生い茂ったヤシの木が並ぶ涼しい日陰に入った。頭上では死にかかったような勢いのない風に、梢《こずえ》が一斉にそよいだ。それに合わせて、まわりでは木漏れ日がトンボやツバメも顔負けの敏捷さで滑空したり静止したりを繰り返す。足もとの砂は固く引き締まって平坦で、降り積もった新雪を踏みしめるがごとく、足音がまったくしない。庭の小道と同じように以前は草むしりをしていたらしいが、疫病のせいでそこまで手が回らなくなったのだろう、雑草が伸び放題に伸びていた。居留地の建物がいくつか、木立のあいだにちらちらと見える。ペンキを塗ったばかりの柱廊が上品で洒落ているが、不気味なほど静まり返っている。この霊廟のような場所で聞こえてくるものといえば、葉のこすれる音と、家禽がちょこちょこ走ったり低く鳴いたりする声だけだった。そのとき、外側にベランダを張りめぐらせた家屋の裏手から煙が上がっているのが見えた。耳を澄ますと、火がぱちぱちと燃えている音も聞こえてくる。

ヘリックのいる場所から一番近い建物は右手にある数棟の納屋だった。ひとつ目は施錠されていた。二つ目は窓から内部をのぞくことができ、奥の暗がりに真珠貝が大量に積まれているのがぼんやりと見えた。三つ目は午後の明るい光線の下でどうぞとばかりに扉が開け放たれており、乱雑に置かれたこまごました物から漂うロマンの香りが、ヘリックの好奇心をかきたてた。鋼索や巻き揚げ機、大きさも重量もさまざまな滑車、船室の窓枠と梯子、錆びついたタンク、甲板昇降口の風雨よけハッチなどがまず目についた。真鍮製のビナクルに鎮座した羅針儀もあり、その針が混雑した薄暗い屋内で所在なげに北極の方角を指している。ほかにはロープ、錨、捕鯨用の銛、鯨油をすくうための緑青《ろくしょう》を吹いた古い銅製のひしゃく、操舵輪など。上蓋に〝アジア号〟と船名が記された収納箱も見える。これはかなり大きなどっしりした物で、真鍮の金具や鉄枠で補強されており、壊れにくいどころか持ち上げることさえ容易ではなさそうだった。まるで航海関連の珍しい道具類を並べた骨董屋を眺めているようだ。ぞんざいに積まれた材木の山は少なめに見積もっても難破船二隻分はありそうで、ヘリックはそれを見つめているうちに、難破船の乗組員たちに見張られているような気がしてきた。どこからともなく足音やささやき声が聞こえ、視界の端にいかにも船員らしい恰好をした亡霊が浮かび上がった。

それは単なる想像の産物として片付けられないほど現実味を帯びていた。誰かが忍び足で近づいてくる音が確かに聞こえる。ヘリックがつくねんと立って材木の山に目を凝らしていると、突然背後から招待主の声が響いた。落ち着き払った、はっとするほど明瞭でなめらかな話し方だった。

「がらくたですよ。ただの古いがらくたです！」声の主は言った。「ミスター・ヘイ、きみの目にはなにかの寓話に映るのかな？」

「強烈な印象を受けたことは確かです」ヘリックは相手の顔に発言の真意が表われてはいまいかと期待して、素早く振り返った。

アトウォーターは戸口をふさぐようにして立っていた。両腕を上に伸ばしてドア枠をつかんでいる。目が合うとほほえんだが、その謎めいた表情から内面の感情を読み取るのは難しかった。

「強烈な印象――そうでしょうとも。私たちは似た者同士ですね。帆船ほど心に訴えかけてくるものはありませんよ！」彼は言った。「滅亡した帝国の廃墟を眺めている気分になりますからね。どれもこれも心胆を寒からしめるものばかりです。古い手すりの残骸ひとつにしても、そこにもたれていた夜半直の老水夫の姿が目の前に立ち現われてくるようです。なにはともあれ、島内を簡単に見て回りませんか？　砂と珊瑚とヤシの木ばかりだとお思いでしょうが、ちょっとした風変わりな趣も楽しめますのでね」

「ぼくにはこの島が天国に思えます」ヘリックは顔を影に浸したまま深く息を吸い込んだ。

「ああ、それはまだ来たばかりだからですよ」アトウォーターは言った。「いまから断言しておきますが、住人がこの島をなんと呼び習わしているか知ったら、きみはきっと感銘を受けるはずです。非常に味わい深い名前ですからね。趣があって色彩豊かで、ある詩を思い起こさせる独特の響きを持っています。その詩の作者も洗礼を受けていない半分だけのキリスト教徒だという点でも示唆に富んでいます。島を最初に目にしたときのことを思い浮かべてください。端から端まで見渡すかぎり林と海面だけ。きみは誰かに島の名を尋ねる。すると返ってくる答えはこうです――ザキントス！」

「Jam medio apparet fluctu!（見よ、波間に緑豊かなザキントス島、現われり！）」ヘリックは声を張り上げて、『アエネーイス』の一節を吟じた。「ああ、すばらしい！　実に感動的です！」

「ここが海図にはっきり載っていたら、難破せずに済んだ船もあったでしょうに」アトウォーターは言った。「さて、では潜水具小屋へ案内しましょう」

別の納屋まで来ると、アトウォーターはドアを開けた。室内には大量の道具が整然と保管されていた。ポンプ、筒型の管、鉛で補強されたブーツ、豚の鼻面のような大きな呼吸装置がついたぴかぴかのヘルメット。それら装具一式がまっすぐ並んで壁に掛かっていた。全部でちょうど十人分ある。

「私の島のラグーンは東半分が浅瀬になっているんですよ」アトウォーターが説明する。「よって、潜水具があれば海中でも自在に活動できます。これをつけるとかなり異様な姿になりますがね。海に棲む得体の知れない珍獣という形容がぴったりだ」手近にあるヘルメットを軽く叩いて続けた。「なにしろ、ラグーンの真ん中で海坊主のような頭が浮いたり沈んだりするんですからね」そのあと唐突に尋ねた。「寓話はお好きですか？」

「ええ、もちろん！」ヘリックは答えた。

「では、私の見た光景をお話ししましょう。彼らは化け物じみた恰好で水をしたたらせながら浮上し、再び海中に潜るというのをいくたびも繰り返していました。にもかかわらず、潜水服を脱ぐと不思議なことに身体は少しも濡れていないのです！」アトウォーターは言った。「それで、私はふとこんなことを考えました。人は皆、世界の底へやすやすと下りていって、無傷で戻ってこられる服を望んでいるのではないか、と。きみなら、その服になんという名前をつけますか？」

「虚栄心でしょうか」ヘリックは答えた。

「真面目に訊いているんですが」とアトウォーター。

「では、自負心で！」ヘリックは笑って言い直した。

「恩寵ではいけませんか？　どうですか、ヘイ君？」アトウォーターは訊いた。「きみの造物主、贖《あがな》い主からたまわった恵みだとは思いませんか？　主イエス・キリストはきみの身代わりとなって死ぬ。毎日きみに磔《はりつけ》にされ、それでも辛苦を耐え忍んでいる。いいですか、ここにはなにもありません」アトウォーターは自分の胸を叩いた。「同じくここも」床を踏みつけた。「そう、神の恩寵のほかに存在するものなどなにひとつないのです！　われわれは恩寵のもとに歩き、恩寵のもとに呼吸している。恩寵によって生き、恩寵によって死ぬ。神の恵みこそが万物を動かす車輪なのです。軟弱な青二才は自負心というこにしたいでしょうがね！」潜水用ヘルメットが並ぶ壁際の暗がりで、長身のアトウォーターが黒い影となって覆いかぶさってくる気がした。その人影は輝きを帯びてどんどん膨張していくように見え、ヘリックは命を吸い取られたがごとく茫然とした。「つかぬことをうかがいますが」アトウォーターは言った。「きみは神を信じていないのでしょう？」

「ええ、あなたのおっしゃっているような意味では」ヘリックは答えた。

「私は無神論者の若造や常習の大酒飲みとは議論しないことにしています」アトウォーターは小馬鹿にした口調で言った。「さあ、では島を横断して、外洋の浜辺へ行ってみませんか？」

島を横断すると言ってもごくわずかな距離で、一番幅が広いところでも二百二十ヤードほどしかなかった。二人はゆっくりと歩いた。ヘリックは夢のなかにいる気分だった。島に上陸したときは心が千々に乱れていた。つねに冷笑をたたえている曖昧な欺きの仮面をじっくり眺め、アトウォーターの本性を引きずり出し、それに即した行動を取るという使命を背負わされていた。もっとも、まだ結論は先延ばしになっていたが。冷酷な残忍さと他者の苦痛に対する無慈悲さ、妥協を許さぬ打算的な利益追求の姿勢。ヘリックが仮面の奥に探していたのはそうした性分で、実際にどれもアトウォーターにあてはまるはずだと考えていた。ところが、人間味に欠ける機械のようだと思っていたアトウォーターにほとばしる厚い信仰心の輝きを見て、筆舌に尽くしがたい驚嘆の念に打たれた。歩きながら、雑多な知識の断片をつなぎ合わせ、かたわらにいる男の像に焦点がぴったり合うよう調節を試みたが、むなしい努力に終わった。

「どうして南太平洋へいらしたんですか？」しばらくしてヘリックはそう訊いてみた。

「理由はいろいろあります」アトウォーターは答えた。「若さと好奇心、ロマンを追い求める冒険心、海へのあこがれ。それともうひとつ、意外に思われるかもしれないが、伝道に対する関心も。驚くには値しないでしょうが、こういう土地には適任の宣教師がなかなか見つかりませんでね。取り組み方を誤る人が多いんですよ。聖職者としての考えに凝り固まって古臭い考えにとらわれ、単なる説教好きなおせっかいになってしまう。服を着ろ、服を着ろ、とにかく服を着ろ。そんなことを言っても始まらないというのに。服がキリスト教なわけではないんですから。それに、自分たちを天国の太陽だとでも思っているらしいが、勘違いもはなはだしい！　薔薇の咲く牧師館だの、教会の鐘だの、礼儀正しい信徒の老婦人たちだの、形式的なうわべを宗教の見本みたいに考えるのはいいかげんにやめるべきだ。宗教というのは森羅万象の例に漏れず、粗野で獰猛です。野蛮さと冷酷さに光明を投じて赤裸々にする、きわめて強力なものです」

「この島を見つけたのは偶然だったのですか？」ヘリックは訊いた。

「ええ、きみたちと同様に！」アトウォーターは答えた。「以来、私は商売を営み、入植地を管理し、自分なりの布教活動をおこなってきました。私はキリスト教徒である前に世俗的な人間です。よって、布教という使命に成果を求めます。それに、人を甘やかすのは決して好ましいことではないと考えています。誰しも神に見守られながら苦難を耐え忍び、持てる力を振りしぼって最善を尽くさねばなりません。いまならそう諭して人々を導きますが、以前はちがいました。ここの島民たちに彼らが望むもの、すなわちイスラエルの統治者が受けたものを（旧約聖書『ミカ書』第五章一節〝イスラエルを治める者の頬を杖で打つ〟より）、神の剣と鞭を与えました。この地で新しい民を作ろうとしたのです。ところが、島は伝染病に襲われてこのとおりです。見よ、神の御使いがアッシリアの者たちを打ち払い、死屍累々たるありさまとなった！（旧約聖書の『イザヤ書』第三十七章三十六節に関連）」

おどろおどろしい言葉がアトウォーターの口から身振りをまじえて発せられた直後、二人はちょうど海辺に続くヤシの林を抜けた。夕陽を正面にして、ゆっくりとうねる波が目の前に広がった。あたりには朽ちかけた木の匂いが漂っていた。砂浜では悪さをたくらんでいそうな蟹たちが転がるように歩いたり、慌てて穴に隠れたりしている。アトウォーターがふいに右の方向を指差した。そこには島の墓地が作られていた。子供の手くらいのものから、大人の頭くらいあるものまで、まちまちの大きさに割られた石が地面に並んでいる。ところどころ土塁のごとく石を積み上げてあり、敷地の周囲にはいびつな長方形の壁がめぐらされているが、白い花をつけた一、二本の灌木を除けば、育っている生命はひとつもない。また、死者の存在を示すものも、土ではなく石を小高く盛った不安定な塚だけである。

　　村人の名もなき先祖たちが身を横たえし墓よ！

開いた門から不吉な気配の漂う墓地へと足を踏み入れながら、アトウォーターは詩の一節

（十八世紀のイギリスの詩人、トマス・グレイの『田舎の墓地にて詠める哀歌』より）を口ずさんだ。さらにこう続けた。「珊瑚は珊瑚に、小石は小石に（旧約聖書『創世記』第三章十九節、〝灰は灰に、塵は塵に〟をもじったもの）。ここが南太平洋における私の活動のおもな舞台です。善人もいました、悪人もいました。しかし言うまでもなく、大半は取るに足らない者たちでした。たとえば、この墓に入っている若者は犬のように無邪気ですばしっこかった。おいでと呼べば、弓から放たれた矢のように飛んできたし、なにも命じないでいると、つまらなそうに複雑なステップを踏んで踊っていた。それから、こっちの墓の主はいろいろと問題を抱えていたんですが、いまはそれらから解放され、大勢の王侯らとともに土のなかで眠っています。彼の生前の行為については旧約聖書の『歴代誌』に書かれていることと変わらないかもしれません。彼の出身地は北クック諸島にあるペンリン環礁。あそこの島民の例に漏れず、扱いの難しい男で、嫉妬深くて強情な乱暴者でしたよ。鼻っ柱が強いと言うんでしょうかね。そういう男もここでは安らかに眠っている。ほかの者たちと同じように」

そのあとでアトウォーターはもうひとつ引用してみせた。

かくして暗闇は死者を葬れり！（シェイクスピア『ヘンリー四世』第二部第一幕第一場より）

沈みゆく太陽のまばゆい光線を浴びながら、アトウォーターはその場に立ってこうべを垂れた。彼の口調は辛辣になったりもの柔らかになったりと、変化が激しかった。

「ここに眠る人たちに愛情を注いでいらしたんですね？」ヘリックは奇妙な感動をおぼえ、意気込んで尋ねた。

「私が？」アトウォーターが心外だとばかりに訊き返す。「いいえ、ちっとも！　まさか私を博愛主義者だとお考えじゃないでしょうね？　私は男が大嫌いです。女はもっと憎らしい。この島の住人を好きになるとすれば、それは彼らが貸衣装を得意げに着ているのを見て面白いと思ったときだけですよ。三角帽や鳥の羽根飾りやペチコートや、色つきタイツといった派手な服をね。それでもたった一人、目をかけた男がいました」アトウォーターはそう言って墓のひとつに片足をのせた。「いまはここに眠っていますが、粗暴きわまりない、暗い心の持ち主でしてね。そう、この男が好きだった。私は気まぐれなんですよ」それからヘリックをじっと見つめてつけ加えた。「そのうえ酔狂でしてね。だから、きみのことも気に入りました」

ヘリックは急いで顔をそむけ、遠くの空を見つめた。一日の終わりの告別式に参列しようと、雲が群れ集まってきている。「ぼくは人に好かれるような人間じゃありません」とヘリックは言った。

「それはまちがいだ。人は往々にして自分について見誤るものですがね。きみには魅力がある。人をひきつけてやまない魅力が」

「いいえ、そんなはずはありません」ヘリックは頑なに否定した。「ぼくは誰にも好かれたことがないんです。あなたはなにもご存じないから――ぼくがどんなに自己嫌悪に陥っているかも、その理由も！」静寂に包まれた墓地にヘリックの声が響き渡った。

「ご自分を恥じていることは察していましたよ」アトウォーターは言った。「今日、オックスフォード時代のことを思い起こしたとき、顔がぱっと赤くなりましたからね。れっきとした紳士がああいう凶暴な二匹の狼どもと一緒にいるのを見て、あまりのいたたまれなさに私まで赤面しそうでしたよ」

ヘリックは背筋がぞくりとした。「狼？」相手の顔を見て、鸚鵡《おうむ》返しに訊いた。

「ええ。凶暴な狼ども、と言いました。そちらの船に乗ったとき、私が震えていたのに気づきましたか？」

「はい。あの、でも、うまく隠していらっしゃいました」ヘリックは口ごもった。

「慣れでしょう」アトウォーターは言った。「それでも怖かった。この二匹の狼には気をつけなければと警戒心でいっぱいでしたよ」ゆっくりと片手を上げて続けた。「ところが、きみときたら、彼らとはまるでちがって哀れな迷子の子犬のようだった。子犬が二匹の狼と組んで、いったいなにをたくらんでいるんです？」

「なにもたくらんでいませんよ」ヘリックは答えた。「心配はご無用です。すべて公明正大だと請け合えます。それに、ブラウン船長は根が優しい人で……彼は……ええと……」ふいに、〝墓がもうひとつ増えることになる〟というデイヴィスの声が耳の奥によみがえった。ヘリックの額に汗が吹きだし、眉へと流れ落ちた。「とても家庭的な男なんです」唾をのみこんで続けた。「故郷に帰れば、子供たちと――奥さんがいると話していました」

「つまり、善人なわけですね」アトウォーターは言った。「もう一人はどうですか？　ウィッシュとかいう男は」

「さあ、よくわかりません」ヘリックは答えた。「ヒュイッシュのことは好きではない、とだけ言っておきます。でも……いいところもあります」

「早い話が、航海仲間としてはおおむね満足している、ということかな？」アトウォーターは訊いた。

「そうです。そのとおりです」

「では話を少し戻して、きみが自己嫌悪に陥っている理由についてうかがいたい」アトウォーターは言った。

「人は誰でも自分を嫌っているものではないですか？」ヘリックは語気を強めた。「あなたはちがうんですか？」

「もちろん、私も同じですよ」アトウォーターは続けた。「しかし、それを受け入れている。ですからミスター・ヘイ、きみのように嘆いたりはしません。きみは自責の念に駆られているんですよ。なんと気の毒な。やましさを感じているせいで、きみの虚栄心の潜水服はぼろぼろだ！　今日、もしも御声《みこえ》を聞くならば（新約聖書『ヘブライ人への手紙』第三章十五節より）、沈む夕陽のなか、褐色の肌の無垢な魂が眠るこの墓地でひざまずき、おのれの罪と悲しみを贖い主イエス・キリストに告白しせんか?」

「ヘイじゃないんです」ヘリックは押し殺した声で相手の言葉をさえぎった。「その名前で呼ばないでください！　どうか……拷問にかけられている状態だということをわかってもらえませんか?」

「充分わかっていますよ。私はきみを拷問台にのせて、ネジでぎりぎり締めつけているも同然でしょう！」アトウォーターは言った。「神よ、どうか今夜、悔悛者をあなたの御座《みざ》に届けられますように。さあ、早く楽になりなさい。天の贖罪所へ行くのです！　神は待っています。慈悲深き神はきみを優しく迎え入れることでしょう。いまこそ罪を償うときです！」

アトウォーターは両腕を十字架の形に広げた。彼の顔は熾天使セラピムのごとく光輝に満ちていた。声は次第に興奮を帯び、最後は感極まって涙声になった。

ヘリックは内心で自らを奮い立たせ、きっぱりと言った。「アトウォーターさん、それはどだい無理な相談です。ぼくにそんなことはできません。敬虔なキリスト教徒ではないんですから。聖書の内容はあなたにとってはまごうかたなき真実なんでしょうけど、ぼくには正直言って、民間伝承くらいにしか思えないのです。天に救いを求めても、ぼくが重荷を完全に下ろせるような言葉はひとつも存在しないと思っています。たとえ足もとがふらつこうとも、自分で最後まで責任を持って背負い続けるしかありません。誰かに代わってもらうことは決してできないのです。できると考えているなら、とっくにそうしていますよ。なにがあろうと、ぼくは耐え抜かなければならないのです。できません――絶対に――どうか察してください」

アトウォーターの顔から恍惚とした表情が消え失せ、謎めいた伝道者の面影はもうどこにもなかった。まるで別人にすり替わったかのようだ。冷笑を浮かべた悠揚迫らぬ態度の紳士は、帽子を脱いでお辞儀をした。その気取ったしぐさを見て、ヘリックは顔がかっと熱くなった。

「どういう意味ですか？」ヘリックは語気を強めた。

「家へ戻りましょう、ということです」アトウォーターは答えた。「そろそろ客人が到着する頃だ」

ヘリックは拳を握りしめ、歯を食いしばったまま、しばらくその場に立ちつくした。すると雲間から現われた月のように、自分の課せられた任務がくっきりと見えてきた。自分はアトウォーターを船へおびき寄せる目的でやって来た。だが一応の努力はしたにせよ、うまく行かなかった。失敗をいま確信させられた。それなのに心のどこかで失敗してよかったと思っている。では、このあと自分はどうすればいい？

うめき声をひとつ漏らし、島の所有者のあとに続こうと振り返った。微笑をたたえて待っていたアトウォーターはすぐに歩きだし、薄暗くなったヤシの並木道をやや慇懃《いんぎん》な態度で先導した。二人とも押し黙っていた。足もとから土の芳醇な香りがたちのぼってくる。あたりに漂う、かぐわしく生温かい空気が鼻孔をくすぐる。はるか前方に、木立を透かして、アトウォーターの家の灯火が目印のようにはっきりと見えていた。

そのあいだにヘリックは悶々《もんもん》と思いをめぐらせていた。いますぐアトウォーターに駆け寄って腕に手を置き、〝用心してください。あの二人はあなたを殺すつもりです〟と耳打ちしたい衝動と闘っていた。それを実行すれば、一人の命は助かるだろう。だがほかの二人はどうなる？　ヘリックの心のなかで、井戸のなかの釣瓶《つるべ》のように、あるいは天秤の皿のように、三人の命が交互に上がり下がりした。どちらかを選ぶなら、早く決めるべきだ。もう一刻の猶予もならない。瀬戸際に立たされ、目の前で運命の車輪が回転している。そこに軽く手を触れて左か右に向けさえすれば、生きる者と死ぬ者を分けることができるのだ。ヘリックは一人ずつ思い浮かべていった。アトウォーターは魅力的な人物だが、つかみどころがなく、困惑させられたり動揺させられたりすることしばしばだ。興味が湧くと同時に反感もおぼえる。快活そうに見えるが、善人かどうかは疑わしい。それでも、彼が死んで横たわっている姿を想像すると、言い表わしようのないいとわしさを感じ、生々しい色彩や音声をともなった光景が幻影のごとく脳裏につきまとった。致命傷を受けた大柄な男の最期が、さまざまに形を変えて絶え間なく浮かんできた。前かがみで倒れる、仰向けで倒れる、横ざまに倒れる、顔をゆがめて断末魔の苦しみに手で空《くう》をつかんだまま、ドアの側柱にもたれかかる。銃の引き金がかちりと鳴る音や、弾丸が肉にめりこむ音、それに続く絶叫も聞こえ、血がどくどくと流れ出すのが見える。こうしてアトウォーターを浄化するかのようにイメージを重ねていくうち、生贄《いけにえ》の屍があちこちに転がっている場所を歩いている気分になった。そのあとヘリックの空想はデイヴィスに移った。

ごつくて太い指をした、粒の粗いオーツ麦のパンを思わせるあの御仁が、島でひもじい思いをしていたときに見せた不屈の闘志と底抜けの陽気さは尊敬に値しよう。短所と長所が入りまじった人好きのする性格で、気は荒いが涙もろいところもあり、ふとしたときに情け深い面をのぞかせる。彼が子供たちについて語った話も思い出した。幼いアダルは腸チフスで亡くなったこと、アダルの土産に買った人形のこと。ああ、無理だ。たとえ空想のなかであっても、デイヴィスが死を迎える場面など思い描けない。子を持つ親のデイヴィスは、きっとぼくを息子のように思っていて、それは死ぬまで変わらないだろう。そう考えてヘリックは胸の奥がこわばり、じんと熱くなるのを感じた。ヒュイッシュも多少の同胞意識は抱いているかもしれない。航海をともにするというのは、暗黙の了解で船長のデイヴィスと養子縁組をしたようなもの。よってヒュイッシュとヘリックは兄弟になるわけだ。それに、船上での共同生活を通じて数々の苦難を分かち合うことで、互いのあいだに自然と義理人情の絆が芽生えるのが普通だろう。だが不面目にもヘリックにはそういった感情がほとんど湧かなかった。しかも、突然湧いた死への恐怖は大きくなるばかりで、もう迷っている場合ではないと思った。アトウォーターの命が危ない。その一文で結論が下されるや、ヘリックは恐慌をきたして頭のなかが騒然となり、思考が逆方向へ突っ走った。激情の嵐に翻弄され、言葉にならない叫びが口から噴き出しそうになった。

このような状態で、我を失わずに自分自身について冷静に考えることなどできるはずがなかった。すでにヘリックは人の営みの引き潮になす術もなく身をまかせ、沖合へと運び去られたも同然だった。足の下から早くも大渦巻の轟音が聞こえ、いまにも彼をのみこんで海底へ引きずりこもうとしている。狂乱と屈辱にまみれた魂には、もはや自意識すら存在しなくなった。

どれくらいのあいだかわからないが、ヘリックは抜け殻のようになってアトウォーターの横を無言で歩き続けた。ふと気づいたときには頭のなかのもやがきれいに吹き払われ、興奮の激流から脱していた。絶望が生む静けさによって穏やかな心を取り戻したのだと彼は気づいた。もう落ち着いて話すことができそうだった。だが実際にそうしてみると、自分の声が奇妙に感じられた。「気持ちのいい晩ですね!」

「ええ、まったく」アトウォーターは答えた。「この島では文句なしに楽しい晩を過ごせますよ。なにかやることとさえあれば、の話ですが。そうそう、昼間なら狩猟ができます」

「あなたもおやりになるんですか?」ヘリックは訊いた。

「ええ。こう見えても私は射撃の名手でしてね。百発百中と自負しています。ですから一発でも撃ち損じれば、気落ちして九カ月は立ち直れないでしょう」

「じゃあ、これまで的をはずしたことはないんですか?」

「ただの一度もありません。意図的な場合は別として」アトウォーターは答えた。「うまくねらいをそらすには熟練した技が求められるんですよ。このあたりの島々では有名だった、ある老いた王の話をしましょう。彼は人間を的にして、全身の輪郭をなぞるようにウィンチェスター銃を続けざまに発砲しました。毛髪が軽く乱れたり服の端がほつれたりする程度で、身体のどこにも傷をつけずに。そのあと弾倉に残った最後の一発だけを、眉間にずどんと命中させたのです。瞠目《どうもく》に値するすばらしい腕前でした」

「あなたも同じことができるんですね？」ヘリックは急に寒気をおぼえた。

「もちろんですよ。私にできないことはありません」アトウォーターが答える。「どうやらわかっておられないようだが、やらねばならないことは絶対にやり遂げねばならないのです」

二人はちょうど家の裏手に近づいたところだった。男の召使いが一人、火のそばで料理をしていた。ヤシの実の殻をくべた火床から、輝きを放つ澄んだ炎が勢いよく燃え上がり、嗅いだことのない肉の香りが漂っている。ベランダのまわりに明かりをともしたランプが並べてあるため、宵闇の迫る林のなかでそこだけが煌々《こうこう》と照らされ、木々の枝や葉からいくつもの複雑な模様の影が落ちていた。

「さあ、こちらで手を洗ってください」アトウォーターに案内されたのは、床にきれいなマットを敷いた部屋だった。簡易ベッド一台に金庫、扉にガラスがはまった二段ばかりの本棚、それから鉄製の洗面台が置かれていた。と、そのとき、ぽっちゃりした可憐な娘が清潔なタオルを手に戸口に現われた。

「おやっ！」疫病の災厄を生き延びた四人目の人物のお出ましに、ヘリックは思わず声をあげた。船長の命令を思い出して、動揺を隠せなかった。

「おわかりのとおり、全島民がこの家で暮らしています。生き残った者で固まっているわけですよ。悪魔を恐れて」アトウォーターは言った。「この娘はタニエラという名で、表側の客間で寝起きしています。ほかの二人はベランダが縄張りです」

「美しい娘さんだ」ヘリックは言った。

「ええ、美しすぎるくらいに」アトウォーターは答えた。「だから彼女を結婚させたのです。男は女がもとで愚かな過ちを犯しがちだというのに、なかなかそれに気づかない。そこで生き残りがこれだけになると、男女一組を教会へ連れていって、式を挙げさせました。この娘ときたら、不平たらたらでしたよ。私は結婚にロマンティックな幻想などひとかけらも抱きませんがね」

「それであなたは保護者の役柄を？」ヘリックは興味をそそられた。

「そのとおりです。私は単純さを好む人間で、想像より事実だと思っています。〝神が結び合わせたものを人は引き離してはならない〟（新約聖書『マルコによる福音書』第十章九節より）との御言葉どおり、結婚したならば結婚を重んずるべきです」アトウォーターは言った。

「なるほど！」ヘリックは言った。

「私も帰国したら、良縁に恵まれたいものだ」アトウォーターは声をひそめた。「私は裕福です。ここに入っている真珠だけでも――」金庫に手を置いて続ける。「いずれ市場に出荷したときにはひと財産になるでしょう。なにしろラグーンに十名もの潜水夫を一日中潜らせて採取した十年分ですからね。しかも、うちのラグーンは周辺の海域と比較しても飛び抜けた水揚げ量を誇っているのです。腐ってだめになった貝も多いが、見事な出来のものもたくさんある。お目にかけましょうか？」

　デイヴィス船長の予測が的中したので、ヘリックは内心ぎくりとした。それを悟られないよう懸命に平静をよそおいながら答えた。「いいえ、それには及びません。どうかお気遣いなく。真珠はあまり好きではありませんので。もともと興味がないんですよ、こういうものには……」

「安ぴかものには、とおっしゃりたいのかな？」アトウォーターが言った。「ならば、なおさら私のコレクションをご覧になるべきです。めったにない逸品中の逸品ですよ！　いいですか、何事も永久ではありません。われわれは皆、まわりにあるすべての物と同様、つねに風前の灯火なのです。〝朝に花を咲かせていても、夕べにはしおれ、枯れていく〟（旧約聖書『詩篇』第九十篇六節）のです。いまこうして金庫で安全に保管されている私の真珠も、明日には――いや、今夜にも散り散りになってしまうかもしれない。聖書にも書いてあるでしょう。〝愚か者、おまえの魂は今夜おまえから取り去られる〟（新約聖書『ルカの福音書』第十二章二十節）と」

「意味がわかりませんが」ヘリックは言った。

「そうですか？」とアトウォーターが切り返す。

「謎かけのような話し方をなさるんですね」ヘリックは動揺をおぼえつつ、しらばくれた。

「いったいなんのことやらさっぱり。そういう流儀にはついていけません」

アトウォーターは両手を腰に当てて立ち、うつむきかげんになった。「私は運命論者です。さらにいまは、あえて言えば、経験主義者でもあるんでしょう。ついでながらお訊きしますが、スクーナーの船名を塗りつぶしたのは誰のしわざですか?」あからさまに慇懃無礼な口ぶりだった。「一度経験すると、また同じことが起こるはずだと人は考えるものです。だからうかがっているのです。船名の一部がまだ読めましたよ。ああいう中途半端はよくない。なんであれ、やると決めたら抜かりなく最後までやり通さなければ。そうは思いませんか? 大変けっこう! さて、ではベランダへ行きましょう。ドライシェリーがあるんですよ。味わった感想をぜひお聞かせください」

アトウォーターに導かれるまま、ヘリックはベランダへ出た。吊り下がったランプの明かりの下に食卓が用意され、ナプキンやクリスタルガラスが照り輝いていた。ヘリックは絞首人に付き添われた死刑囚か、市場へ連れていかれる羊の気分だった。心ここにあらずの状態でグラスを取り、シェリーを無意識に口へ運び、機械的におざなりの賛辞を述べた。ヘリックの恐怖の対象は、警戒心の針が指し示す方向は、突如として変わった。それまではアトウォーターを翼もくちばしも縛られた鳥のごとく無力な犠牲者だと思い、身を挺してでも救い出してやりたいと思っていた。だが、いま真向いにいるアトウォーターは謎めいていて恐ろしげで、知識と不吉な裁きを武器に携えた怒れる神の御使いに見えた。ヘリックはグラスを置いた。いつの間に飲み干したのか、シェリーは一滴も残っていなかった。

「武器は身につけていますか？」訊いたそばから後悔して、自分の舌を引っこ抜きたくなった。

「ええ、つねに」アトウォーターは答えた。「この島で反乱を経験していますからね。それを鎮圧するのも宣教師の仕事のうちです」

ちょうどそのとき、人の話し声が聞こえてきた。ベランダからその方向を見ると、ヒュイッシュとデイヴィス船長がすぐ近くまで来ていた。

第九章　晩餐会

四人で食卓を囲むと、島の晩餐会が始まった。豊富な食材を使い、味付けにも凝った、豪華でおいしい料理ばかりだった。海亀のスープに分厚い牛肉のステーキ、魚、鶏、子豚、ココナッツのサラダ。デザートには若いココナッツの果肉をローストしたものが出された。油とビネガー以外は缶詰をひとつも使っておらず、添えられている薬味もヨーロッパ産ではなく、アトウォーターがこの島の畑で栽培した玉ねぎの青い芽だった。シェリー、ホック、クラレットの順にあけていき、ファラローン号から持ってきたシャンパンがデザートとともにしんがりを務めた。

アトウォーターの見事な健啖ぶりは、絶対禁酒を目前に控えた極度に信仰熱心な者を見るようだったが、考えてみれば理にかなっている。このような面々の集いでは、美食に舌鼓を打つことが和気あいあいとした雰囲気につながるはずだ。アトウォーターはあらかじめその効果をねらって、最上の酒と料理を用意したのだろう。招待主の闊達《かったつ》な態度も座の空気をなごませるのに一役買っていた。彼の肩には大きな猫が一匹乗って、さっきから喉をごろごろ鳴らし、ときおり宙に投げられるごちそうの切れ端を前足で器用につかみ取っていた。まるでアトウォーターの分身のようだった。どちらもテーブルの端で鷹揚にかまえて相手の注意をそらし、敵意をかわし、肌触りのいいビロードのような毛と鋭い爪を巧みに使い分けている。気ままで屈託のない魅力を振りまく招待主に、ヒュイッシュとデイヴィス船長が少しずつ飼いならされていくのがわかった。

だが豪勢な食事も打ち解けた空気も、三人目の客の前だけは素通りしていった。ヘリックは出された料理や酒を味わいもせず胃袋におさめ、交わされる会話を上の空で聞いていた。頭のなかは自分が放り込まれている恐ろしい状況のことでいっぱいだった。アトウォーターはどこまで気づいているのか、デイヴィス船長はどういう腹づもりなのか、そして、どちらの側が最初に裏切り行為に出るのか。そんな考えばかりが脳裏を駆けめぐる。いっそのことテーブルをひっくり返して、夜の闇へ逃げ出したいという衝動に何度も駆られたが、そのたびに無理やり押さえつけるほかなかった。自分がここでなにか言えば、なんらかの行動を取れば、むごたらしい惨劇を招くに決まっていると思ったのだ。そんなわけで、ヘリックは魔法をかけられたかのようにじっと座って、血の気の引いた唇に食べ物を詰め込み続けた。そんな彼を、デイヴィスとヒュイッシュは怪訝《けげん》そうに見つめ、アトウォーターは淡々と会話を続けながらも横目ですばやく盗み見た。じきにデイヴィスが思案げな難しい顔つきになった。

「おれが踏んだところじゃ、このシェリーはとびきり上等のやつだぜ」ヒュイッシュが言った。

「いくらぐらいしたのか、値段を教えちゃもらえないかな?」

「ロンドンでは百十二シリングしますよ。南米チリのバルパライソ港行きの積荷でした」アトウォーターが答えた。「まあ、確かに悪くはないですね。まずまずの品質といえるでしょう」

「ひゃ、百十二シリングだって!」ヒュイッシュは酒の味と値段に同時に酔いしれる表情になった。「へえ、そりゃすごいな!」満足げにうめいた。

「お気に召していただけてなによりです」アトウォーターは言った。「さあ、もっといかがですか、ミスター・ウィッシュ? よろしかったら、ボトルごとお持ちください」

「友人の名前はヒュイッシュですよ。ウィッシュじゃなくて。おまちがえなく」船長の顔にぱっと赤みが差した。

「そうでしたか、これは失敬。ウィッシュではなく、ヒュイッシュですね。わかりました」とアトウォーター。「ところで、実はまだ八ダース残っていましてね」船長の顔に視線をまっすぐ注いだまま、そうつけ加えた。

「なにがです?」デイヴィスが訊く。

「シェリーですよ。極上のシェリーが八ダース。シェリー好きにとっては、かなりの価値があるでしょうね」

アトウォーターの曖昧な言い方が、船長とヒュイッシュの罪悪感をちくりと刺した。二人とも身体をこわばらせ、アトウォーターをおびえた目つきで見た。

「いくらと言いましたっけ？」デイヴィスが訊き返す。

「一本あたり百十二シリングです」アトウォーターは答えた。

船長の息づかいが荒くなった。内心で、相手の言葉に含まれた真意をあらゆる角度から探ろうとしているのがわかる。しばらくして、やや強引な感じで話題を変えた。

「ところで、この島に上陸した白人は、われわれ三人が初めてなんでしょう？」

アトウォーターはすぐにデイヴィスに調子を合わせ、おごそかな表情で新しい話題に応じた。

「私自身とシモンズ博士を別にすれば、おっしゃるとおりのはずです。しかし、本当のところはどうなんでしょうね。島にはずっと前から人が住んでいましたので、何代もさかのぼれば、ひょっとすると一人くらいはいたかもしれません。いまではこうして島じゅうにココヤシの木が生えていますが、自生種ではありませんし、最初に私が上陸したとき、浜辺に紛れもない石塚《ケルン》が積み上げてありましたからね。用途は不明です。おおかた、もう遺骨すら残っていない迷信深い手合いが、とうに名前を忘れられた土着の守護神を祀るためにこしらえたんでしょう。その後、海事事典で明らかなように、島の存在は二度にわたって報告されています。実際、私がここに根を下ろしてから難破船が二回漂着しました。いずれの場合も遺棄されて無人でした。

乗組員がどうなったかは不明です」

「シモンズ博士というのはあなたの共同経営者でしたね」デイヴィスが言った。

「やれやれ！　あなた方の船がここへたどり着いたと知ったら、シモンズはさぞかし後悔するでしょう。島を出なければよかったと」

「そのお仲間はトリニティ・〝オール〟号に乗ってんだよな？」ヒュイッシュが訊く。

「トリニティ・〝オール〟号がいまどこにいるか教えてくれたら、ありがたいんですがね、ミスター・ウィッシュ！」アトウォーターは相手のコックニー訛をまねて言った。

「その船の乗組員は太平洋諸島の人間ですか？」デイヴィスが尋ねる。

「これまで十年間、秘密は守られてきたのですから、そう考えるのが自然でしょう」アトウォーターは答えた。

「なあ、この際はっきり言っとくよ」とヒュイッシュ。「あんたはなんでも自分の思いどおりにしてきたんだろうけど、おれのことはそうはいかないからな。今度ばかりは〈水車小屋の古い丸太橋〉（十九世紀に流行したアイルランドの歌）は通用しないぜ。ボウの鐘（ロンドンのセント・メアリー・ル・ボウ教会の鐘。その音の聞こえる所で生まれたのがロンドン子とされる）の音でないとな。片田舎の掟は捨てて、おれが生まれ育った大都会の流儀でやるってことだ」

「ここが昔からすたれた土地だったとは思わないでもらいたいですな」アトウォーターが言った。「にぎやかなりし時代もあったんですから。いまはこのありさまですがね。ほら、耳を澄ましてごらんなさい！　孤独の歌が聞こえるでしょう？　実に刺激的だ。鐘《ベル》の音といえば、この静寂のなかでちょっとした実験をやりたいので、ご協力ください」アトウォーターの右手には、召使いに用を言いつけるための銀製の呼び鈴が握られていた。あらかじめ彼らに動かなくていいと合図してから、呼び鈴を強く鳴らした。そのあと興奮気味に身を乗り出した。高く澄んだ音色が喨々《りょうりょう》と響き渡り、夜の闇を駆け抜け、誰もいない浜辺へと広がっていった。が、じきに遠くで吸い込まれるようにして消え、柱廊のベランダにいる者たちの耳に残響だけがまとわりついた。「空っぽの家、広漠とした大海原、人けのない浜辺！」アトウォーターは言った。「それでも神の耳にはこの音が届いています！　いまもわれわれはこの明るく照らされたベランダで、天に見守られているのです！　こういう孤独もあるのだと、おわかりになりましたか？」

そのあと一同は沈黙の壁にふさがれた。デイヴィス船長は催眠状態に陥ったかのごとく微動だにしなかった。

やがて、アトウォーターが穏やかに笑った。「こんなふうに、独りぼっちの男にも気晴らしはいろいろとあるんですよ」会話が再開された。「あまり好ましいものではないにしてもね。仲間のためにちょっとしたおとぎ話を語り聞かせるというのは、誰にでもあることです。民話のたぐいももともとはそれが発端ではないでしょうか、ミスター・ヘイ？　さあ、クラレットが来ました。どうぞ一杯。船長さん、ラフィットをお出しできないのは残念です。なんでもあなたの故郷である大きな国が、鉄道会社の食堂車用に買い占めているらしい。しかし、今年はこのブラーヌ・ムートンの当たり年なんですよ。そのあたりのことはワインにうるさいミスター・ウィッシュがお詳しいでしょうが」

「へえ、とっぴなことを考えるもんだな！」ようやく魔法が解けたのか、船長は大きなため息とともに叫んだ。「じゃあ、毎晩ここに座って鐘を鳴らしてるんですか？　天使を呼ぶために、あなた一人で」

「ずいぶん強引な物言いをなさるが、現実問題としてそのようなことはしません」アトウォーターは言った。「なぜ鐘など鳴らさなければならないのですか？　自分自身から豊かな音色があふれ出ているのに。しかも、かけがえのない貴重な静寂に包まれているのに。私のささやかな心臓の鼓動や、ささやかな思考は、永遠の世界へと響き渡っていくのです。永久に止むことなく、いつまでもずっと」

「なあ、おい」ヒュイッシュが口をはさむ。「急いで明かりを消してくれ。少年禁酒団に見つかったらまずい！　これはどう見たって清く正しい神聖な集いじゃないからな」

「ミスター・ウィッシュには古い言い伝えもおとぎ話も通用しないようだ――ああ、わかっていますよ、船長。ウィッシュじゃなくてヒュイッシュでしたね」

そのとき、ヒュイッシュのグラスに酒を注いでいた召使いが瓶をうっかり取り落としてしまった。ベランダの床に粉々に割れたガラスの破片とワインが飛び散った。するとアトウォーターは急に死人のごとく青ざめ、恐ろしい形相で呼び鈴を乱暴に鳴らした。褐色の肌をした島民は二人とも直立不動のまま、ただ黙って震えている。もっとも、不吉な沈黙と険悪な表情はほんの一瞬でおさまった。主人が現地の言葉で二言三言叱ってから、手をひと振りすると、もとどおり給仕が続けられた。

めったにお目にかかれない、実に行き届いた給仕ぶりだった。小柄だが引き締まった身体つきの二人は、つねに主人の様子を注意深くうかがい、合図が出されるや機敏に反応して、酒や料理を足取りも軽やかに手際よく運ぶ。

「ところで、労働力はどこで調達したんですか？」デイヴィスは尋ねた。

「なんでまたそんなことを？」とアトウォーター。

「生易しい仕事ではなかったはずだと思いましてね」

「いい場所があれば、ぜひとも教えていただきたいですな！」アトウォーターは肩をすくめて言った。「シモンズと私の場合は特別にあてがあったわけではなかったので、探す範囲をなるべく遠くへ広げました。西はキングスミル諸島（現在のギルバート諸島）、南はラパ島（オーストラル諸島の南のバス諸島に属する）まで。シモンズがいまここにいないのが残念ですよ！　彼ならいくらでも語って差し上げられただろうに。使用人集めは彼の仕事でしたから。私の担当はそのあとの教育係です」

「彼らを管理するということですか？」デイヴィスが訊く。

「ええ、そうですとも！」

「ちょっと待った」デイヴィスは唖然として言った。「にわかには信じられない話ですな。いったいどうやって？　あなた一人でそんなことが可能なんですか？」

「一人でやるしかなかったんですよ」アトウォーターがさらりと言ってのける。「ほかに頼れる者は誰もいませんでしたから」

「ほほう、じゃあ、かなり手荒なまねもしたんでしょうな。暴君並みに！」船長は賞賛をあらわにした。

「最善を尽くしたまでです」アトウォーターは平然と受け流した。

「なるほど！　わたしも若い時分はそれでさんざん苦労しましたよ。我ながら人を操る術には長けてると思ってましたがね。三等航海士の頃のホーン岬（南アメリカ最南端の岬。近海は潮流が速く、暴風雨が多い）を回る航路ではずいぶん手こずらされた。なんせ荒くれ者の船乗りどもと難所を越えなきゃならんのですからな。いつ悪魔に変わるかわからん連中に生半可なやり方は通用しない。地獄から這い出してこないよう扉をぴしゃりと閉めてやりました。それでもアトウォーターさんのお手並みにはかないません。船上ってのはいろいろと難しいんですよ！　あなたの勝因は掟を持ってたことでしょうな。もしも自分が鞭とののしり言葉しか持たずにこの浜辺で一人きりだったら……無理です、絶対にそれじゃ足りない！　きっとお手上げでしたよ！」デイヴィスは意気込んで言う。「掟の支えが必要だ。物を言うのは掟です！」

「へへえ！　なんだ、まだまだくちばしが黄色いな。普段自分で言ってるのとはちがって」ヒュイッシュが横から冷やかす。

「お粗末ながら、掟は定めてあります」アトウォーターは言った。「個人は集団の一員でなければならない。それはときには気の滅入ることです」

「なるほど！」デイヴィスが苦笑する。「むしろ生き生きするはずだとわたしは思いますがね」

「おそらく、われわれの考え方は根本的には同じでしょう。いずれにせよ、全員の頭に叩き込むべきことがひとつあります。天に召されるその日まで働き続けなければならない、ということです」

「じゃあ、船でいう板歩きの刑みたいなお仕置きもやったんだろうな」ヒュイッシュが言った。

「ええ、必要があればね、ウィッシュさん」アトウォーターが言い返す。

「でしょうな」デイヴィスが言う。顔が紅潮しているのは酒の影響よりもむしろ感嘆による高揚感のせいだった。酔ってとろんとした目も喜びでらんらんと輝いている。「当然ですよ。そのときのあなたの姿が目に浮かびます！　実に勇敢な人だ。心からの賛辞を送ります」

「ありがたくちょうだいします」アトウォーターはそう答えた。

「ここで――ここで犯罪が起きたことはありますか？」ヘリックは沈黙を破って、辛辣気味な口調で訊いた。

「はい、あります」

「どうやって対処したんですか？　教えてください」船長が熱心に尋ねる。

「かなり奇妙な事件でした」アトウォーターは答えた。「あれにはソロモン王でさえ頭を抱えたでしょうな。どうしますか？　続きを聞きたいですか？」

船長が恍惚の表情でうなずく。

「わかりました。では――」アトウォーターはもったいをつけた調子で話し始めた。「詳しく説明しましょう。お気づきかもしれませんが、南の島の住人には二通りいます。こびへつらう追従屋《ついしょうや》のタイプと、無愛想なタイプです。私は両方とも雇っていました。それぞれを注意深く観察したところ、片方はボトルから流れ出すワインのように威勢がよく、もう一方はボトルの底にたまった澱《おり》のように陰気でした。前者はいつも笑顔で、雇い主に気に入られようと器用に立ち回り、口も達者。片言の英語を話し、キリスト教の薄っぺらな知識を身につけもします。無愛想なほうは真面目に働くが、態度が横柄で、話しかけられても暗い顔つきで返事をしたり、投げやりに肩をすくめたりする始末。ただし、仕事には手を抜かない。こういう連中は表向きの印象が悪いので、模範的な手本とは言いがたいものの、腕力も節度もあり、不作法ながらもやることはきっちりしています。さて、あるとき、この無愛想なほうの労働者がもめごとを起こしました。現場の規則を破ったため、当然ながら罰を与えたのですが、反省の色はまったくなし。翌日、その翌日、そのまた翌日と罰を与え続けてもいっこうに改善せず、私も、おそらくは処罰される側も次第にうんざりしてきました。やがて、確か十三日目だったと思いますが、彼は再び重大な規則違反をしました。ふてくされた顔で、なにか言いたげな目をして私をにらんだのです。現場の規則で、口答えは断じて許されないと厳しく定められていました。いかなる弁解も受けつけない、と。ゆえに彼は言いかけた言葉をただちにのみこみましたが、たてつこうとしたことは明らかです。翌日、彼は居留地から消えていました。困ったものです。もしも労働者全員が逃亡をくわだてたら、真珠採取場は立ち行かなくなりますよ。この島は端から端までの距離が六十マイルもあって、天下の公道のように長い。そのような土地で追跡を試みるのは非効率すぎるうえ子供じみていて、考慮に値しません。二日後、私は重大な事実に思い当たりました。無愛想な労働者は最初から最後まで不当に罰せられていた、つまり濡れ衣を着せられていたのであり、悪いのは追従屋の労働者のほうだと気づいたのです。ためらう者は失敗する、ということわざがありますね。追従屋を問い詰めたところ、私の顔色をうかがって、私が気に入るような返答をしました。つまり、嘘をつくわけです。何度も同じことを繰り返すうちに、ようやく白状しました。といっても、ごく当たり前のことのようにしれっとした顔で！　私はなにも言わず、その男を解放しました。それから、もう夜の遅い時刻でしたが、潔白の逃亡者を捜しに出ました。遠くまで行く必要はありませんでした。二百ヤードほど離れた地点で月明かりが彼を照らしていました。ヤシの木で首を吊っている姿を。私は植物学者ではないので木のことには疎いが、そういう性分の先住民は十人中九人が自殺することは知っています。舌を大きく突き出した恐ろしい姿で、すでに鳥どもに肉をつつかれていました。それ以上の細かい描写は控えますが、無残きわまりないありさまでした！　その後、このベランダでゆうに六時間、考えにふけりました。私の下した裁定は大まちがいでした。愚の骨頂と言うべき過ちです。自分に腹が立ってしかたがありませんでした。次の日、ほら貝を吹き鳴らして日の出前に全員を外で整列させると、銃を手に卑屈な罪人を連れて自殺現場へ向かいました。そいつはやけに饒舌でした。雲行きが怪しくなってきたと察したのか、露骨な言い回しをすれば、私に対して急に〝おべっか〟を使い始め、自分がこれまで話したことはすべて善意によるものだとさかんに訴えてきました。それに対してどう答えたかは覚えていません。やがて例の木が見えてきました。そこにぶら下がっている男の姿も。労働者たちは皆、仲間の死を悼んで一斉に泣きだしました。罪人の男も人一倍大きな声で嘆き悲しんでいます。単純な性格だが、罪悪感をひとかけらも持ち合わせていない有害な人間です。ここからは端折って話しましょう。私はおべっか使いの罪人に木に登るよう命じました。彼は一瞬凍りついて困惑した目つきになり、ひきつった笑みを浮かべましたが、結局は言われたとおりにしました。あくまで従順に。長所はいろいろあっても、あの男のなかに真実はひとつもない。木のてっぺんに着くと、彼はすぐに地上を見下ろしました。そしてライフル銃が自分に向けられていると気づいて、子犬のように震えだしました。あたりは針が一本落ちても聞こえそうなほどの静けさで、ほかの労働者たちは全員地面にしゃがんで目をかっと見開いています。彼らと梢にいる真っ青な顔の罪人のあいだで、哀れな死体が風に小さく揺れていました。おべっか使いは最後まで従順でした。自らの罪を告白し、神の救いを求めました。そのあと……」

アトウォーターがそこで急に口をつぐむと、じっと聞き入っていたヘリックはぎくりとして、酒のグラスをひっくり返してしまった。

「そのあと、どうしたんです?」船長が息を殺して訊く。

「撃たれました」アトウォーターは答えた。「そして、死体と一緒に地面へ落下しました」

ヘリックは金切り声とともにぱっと立ち上がり、手をやみくもに振り回した。

「殺人じゃないか!」ヘリックは叫んだ。「なんて冷酷で残虐なんだ! この化け物! 人殺しの偽善者め! そうとも、あんたは人殺しの偽善者だ、人殺しの偽善者だ、人殺しの偽善者だ――」同じ言葉をもつれる舌で何度も弾き出した。

「ヘリック!」船長がすぐさま飛んできた。「おい、落ち着け! こんなところでばかなまねをするな!」

船長に抱きかかえられたヘリックは癇癪を起こした子供のように暴れ、そのあと両手に顔をうずめた。しばらく何度も息を詰まらせながら激しく泣きじゃくっていたが、やがてそれは言葉にならないうめき声に変わり、最後は身を震わせて静かになった。

「ご友人は過度に興奮なさっているらしい」アトウォーターは椅子から動かなかったが、全身に警戒心が漂っていた。

「ワインのせいですよ」船長は言った。「普段は飲まない男ですので。彼を――向こうへ連れていったほうがよさそうだ。少し歩けば酔いが醒めるでしょう」

デイヴィスに付き添われ、ヘリックは抵抗する素振りもなくベランダを離れた。間もなく二人の姿は夜の闇に溶け込み、慰めたり諭したりしている船長の穏やかな声と、ときおりそれに答えるヘリックの気持ちを高ぶらせた声だけが聞こえてきた。

「まったくやかましいやつだな。養鶏場みたいにぎゃあぎゃあ、ぎゃあぎゃあぎゃあと」ヒュイッシュはだいぶこぼしながら自分でワインを注いで飲んだ。「テーブル・マナーが全然なってない」と紳士気取りでつけ加える。

「確かにあまり行儀がいいとは言えませんね」とアトウォーター。「さて、これでわれわれ二人だけになった。さあ、ワインをもう一杯どうぞ、ミスター・ウィッシュ!」

第十章　開かれた扉

一方、船長とヘリックはベランダの明かりに背を向けて、ラグーンの浜と桟橋のほうへ遠ざかっていった。

のっぺりとしたなめらかな砂浜の床に、列柱さながらに高々とそびえるヤシの木の天井。ランプの明かりに照らされた島の情景は幻想的な雰囲気を醸し、さびれた野外劇場か深夜の公園のようだった。だが彫像やテーブルはないかとあたりを見回しても、木の葉を揺らす微風以外にはなにもない。海の方角から聞こえる都会の喧騒にも似た絶え間ない潮騒が、静けさをいっそう深く刻みつける。

介抱役の船長は、ヘリックをなだめすかしながら急ぎ足でラグーンの端まで来ると、波打ち際まで仲間を引きずっていき、生ぬるい海水を彼の顔に浴びせた。おかげでヘリックの発作じみた興奮は徐々に引いた。甲高いすすり泣きの声も低くなったあと間もなく止んだ。同時にずっと続いていた船長の慰めの言葉も途絶え、二人は沈黙のなかに取り残された。彼らが足を浸しているラグーンの表面には、ささやき声に似た繊細な音とともに小さな波紋が広がり、夜空から落ちるちらちらとした星明かりが巨大な水の鏡に二つの人影を映し出している。ラグーン上の少し離れた場所に見える強い光は、ファラローン号の停泊灯だ。しばらくのあいだ二人とも眼前の光景を見つめ、小さな寄せ波のざざっという音やちりちりちりという音に耳を澄ましていた。もっと遠くの外海に面した岸からも波音の響きが伝わってくるように感じられた。長い会話を拒む空気が漂っていたが、だいぶ経ってからまるで息を合わせたように二人同時に口を開いた。

「なあ、ヘリック……」と船長が話しかける。

「錨を揚げてください！」とヘリックが振り向くなり叫ぶ。「船を出しましょう！」

「行くあてがあるのか、坊や？」デイヴィスが訊く。「錨を揚げろと簡単に言うが、いったいどこへ行くつもりだ？」

「海ですよ」ヘリックが答える。「広い海へ行くんです。忌まわしい災いの島からは早く離れなければ。あんな不吉な男のそばにこれ以上いられるもんか！」

「まあ、待て。あいつのことはなんとかなる」と船長。「強気で行けば、かなわない相手じゃない。それにしても、あんなふうに取り乱すなんて、どうかしてるぞ。おまえさんは神経質なんだよ。さあ、気をしっかり持て。落ち着いたら話し合おう」

「船を出しましょう」ヘリックは繰り返した。「今夜のうちに――いや、いますぐに！」

「そいつは無理だ」デイヴィスはきっぱりとはねつけた。「食料も積まずに海へ出るわけにはいかん。そんな無茶なまねをするやつがどこにいる。ばかなことを言うな」

「あなたはわかってない」ヘリックは言った。「もう終わったんだ。あの男に感づかれた。これ以上島にとどまっても、なにもできない。あいつはすべてお見通しなんだからね。どうしてそれがわからないんだ？」

「すべてってなんだ？」と船長は訊き返したが、見るからに動揺していた。「彼はちゃんとわれわれを紳士として扱ってたじゃないか。おまえさんがたわけたことを言いだすまで、気持ちよくもてなしてくれてた。この世にはもっとつまらん理由で人を撃って、平然としてるやつらもいる。それが現実だ。おまえさんは理想が高すぎるんじゃないか？」

ヘリックは砂の上で前後に身体を揺らしながら、首を振った。

「紳士として扱ってた？　そうじゃない。からかってたんだ――ぼくらをただからかってただけ。それが現実だ」

「そう言われてみりゃ、ひとつだけ引っかかったことがある」船長は声に不安をにじませ、考え込んだ。「シェリー酒の件だよ。あてこすりみたいに聞こえたんだが、気のせいだろうか。ヘリック、おまえさん、まさかわたしを裏切っちゃいないだろうな？」

「裏切るだって？」ヘリックはあきれ顔で愚痴っぽく言った。「そういう問題じゃないだろう？こっちの腹の底はガラス同然に透けてたんだよ。彼は最初からぼくらに悪者の烙印を押し、警戒しながら探ってたんだ！　なぜなら、ファラローン号に乗り込んでくる前、船名がペンキで塗りつぶされかけているのを見たからだ。それですぐにぴんと来て、彼を始末しようというこっちの魂胆に気づき、あなたとヒュイッシュを笑い者にしてやろうと決めたんだろう。ぼくだけ一足先に上陸させたのはそのためだ。ぼくの前で、彼はあなたとヒュイッシュのことを二匹の狼と呼んだ。子犬が二匹の狼と組んで、いったいなにをたくらんでいるんだ、と訊かれたよ。おまけに真珠をぼくに見せて、こういうものは風前の灯火で、明日の朝には散り散りになっているかもしれないと言った——薄笑いを浮かべて！　だからなにをやっても無駄なんだ。彼はなにもかも知っている。こっちのねらいは相手に丸見えなんだから、どんなにごまかそうとしたって笑われるだけだ。そうとも、彼は神のごとくぼくらを眺め、笑ってるんだ！」

しんとなった。デイヴィスは眉をひそめて、闇の奥をじっと見つめた。

「真珠だと？」唐突にデイヴィスは訊いた。「本当に見たのか？　彼は実際に真珠を持ってるんだな？」

「あ、いや、ぼくに見せたのは真珠そのものじゃなくて、真珠がしまってあるという金庫だった」ヘリックは答えた。「どっちにしても、盗み出すのは不可能だ！」

「その意見には承服しかねるな」と船長。

「なんの対処もせずに、アトウォーターが晩餐の席につくと思うかい？」ヘリックはとがめる口調で言った。「使用人たちはどちらも武器を持っていた。アトウォーター自身も銃で武装していた。常時携行していると本人が言ったんだ。彼の用心深さを甘く見ちゃいけない。デイヴィス、はっきり言うよ。万事休すだ！　理解してもらうまで何度でも繰り返す。もう勝負はついた。なにもかも終わった。打てる手はひとつもない。すべては消えたんだよ。命も名誉も愛も。ああ、神よ！　神よ！　どうしてぼくはこの世に生まれてきたんですか？」

ヘリックが感情を爆発させ、たまっていた言葉が雨あられと降り注いだあと、再び静寂が訪れた。

船長は額に両手を押し当てた。

「妙じゃないか！」デイヴィスが声を張り上げる。「やつはどうしておまえさんにべらべらしゃべったんだ？　正気の沙汰とは思えんな」

ヘリックは沈痛な面持ちで何度もかぶりを振った。「ぼくが説明したところで、あなたにはわかってもらえない」

「実際にやってみなきゃわからんだろう」と船長。

「じゃあ、説明するよ。アトウォーターは運命論者なんだ」ヘリックは言った。

「なんだ、そりゃ？」

「物事を頭でとらえてる人のことだよ」とヘリック。「自分のやることはたとえ人殺しでも正しいとか、世の中の出来事はすべて神の意志であらかじめ定められているから、誰にも変えられないとか、そういうことを頑なに信じ込んでるんだ」

「わたしも同じだがね」デイヴィスが言う。

「本当に？」

「ああ、本当だとも！」

ヘリックは肩をすくめた。「だったら、どうしようもない愚か者だ」そう言って両膝に頭をうずめた。


船長は両手を握りしめて立ちつくした。

「ひとつだけ確かなのは」しばらくして船長が口を開いた。「この件からヒュイッシュをはずさなきゃならんということだ。アトウォーターがおまえさんの感じたとおりの男なら、ヒュイッシュは最後までもたんだろう」


そう言ってから、船長は立ち去ろうと背を向けた。言葉自体は単純だったが、声の抑揚にただならぬ気配がまじっていた。ヘリックはそれをすかさず察知した。

「デイヴィス！」と呼び止めた。「よせ！　頼むからそれだけはやめてくれ！　冷静になるんだ！　あいつのことは放っておこう。神のために——お子さんたちのためにも、早まったことをしちゃいけない！」


興奮のあまり金切り声に近くなった。そう遠くない場所にいる敵の耳にまで届くのではないかと思うほどに。だがヘリックの懇願もむなしく、振り返ったデイヴィスはいまいましげな身振りで悪態をついた。ヘリックはみじめな思いで浜辺に倒れ伏し、無力感に押しつぶされながら砂に顔をうずめていた。

そんなことにはおかまいなしに、船長はアトウォーターの家へ早足で向かった。そのあいだも脳裏では思考がめまぐるしく回転していた。〝そうか、アトウォーターはそういうやつだったのか。最初からおれたちをこけにしていたとはな。このジョン・デイヴィスを愚弄するとどういうことになるか、とくと思い知るがいい！　ヘリックはあいつを神様みたいに考えてるが、見てろよ、その神様をこれから成敗してやる〟。デイヴィスはリヴォルヴァーの銃把を握り、その感触ににやりと笑った。家が近づいてきた。〝よし、絶対にしとめてやる。背後から撃つか？　いや、接近が難しいだろう。じゃあ、テーブル越しか？　できれば立ったまま発砲したい。そのほうが銃をしっかり構えられるからな。一番いいのは、ヒュイッシュを大声で呼んで、何事かとアトウォーターが立ち上がったところをねらう戦法だろう。こっちを振り向いた瞬間がチャンスだぞ〟。うつむいて、興奮した頭で手順をおさらいしながら、デイヴィスはまっしぐらに家へと急いだ。

「両手を上げろ！　動くな！」アトウォーターの鋭い声が飛んだ。

状況がのみこめないまま、船長は言われたとおりにした。完全に意表をつかれた。殺意満々で威勢よく攻め込んだら、待ち伏せていた敵の罠にまんまとはまってしまったわけだ。飛んで火にいる夏の虫とはこのことだろう。もはや取り返しのつかない事態に陥った。デイヴィスは力なく両手を上げ、ベランダを見やった。

宴は終わっていた。アトウォーターは柱にもたれ、ウィンチェスター銃の先をデイヴィスにまっすぐ向けている。すぐそばで召使いの一人が同じ武器を手に、控え銃《つつ》の姿勢を取っていた。ややや前かがみになり、目を大きく見開き、次の展開を瞬時に察知しようという構えだ。ベランダの階段を上がったところの広い空間には、もう一人の召使いに半ば支えられるようにしてヒュイッシュが立っていた。意味不明のにやにや笑いを浮かべ、火のついていない葉巻を口にくわえて陶然とした表情をしている。

「ふふん」アトウォーターが鼻で笑った。「見るからに三流のけちな海賊だな！」

デイヴィスは喉の奥を鳴らした。怒りで声が詰まって言葉にならなかった。

「ミスター・ウィッシュを——酒浸りの人間のくずを持ち帰ってもらおうか」アトウォーターは続けた。「酔った勢いで非常にためになることを惜しげなく伝授してくれたよ、シー・レンジャー号のデイヴィス船長さん。だがもう用済みだ。礼の言葉を添えてお返ししよう」そのあと辛辣な口調でつけ加えた。「いいか、今度またおかしなまねをしてみろ、おまえの子供たちは大事な親の死を嘆き悲しむことになるぞ。それがいやなら、おとなしくしていることだ、デイヴィス」

アトウォーターが船長をにらみ据えたまま現地の言葉で一言命じると、脇にいる召使いはヒュイッシュを階段の縁から無造作に突き飛ばした。いきなり支えをはずされたヒュイッシュは宙へ放り出され、地面に叩きつけられたあとはずみで跳ね上がった。ヤシの木に両腕でしがみついて、ようやく勢いが止まった。当人にとっては青天の霹靂《へきれき》ともいうべき出来事だった。突き飛ばされた瞬間の苦悶にゆがんだ表情はおそらく反射的なものだったのだろう。静寂のなか、彼は子供のように木の幹にすがりついた恰好で、事態の急変にとまどっていた。酔いが回っているため、水に浮かべたリンゴを口でくわえるゲームにでも興じているところだと勘違いしているかもしれない。もう少し同情心のある者なら、あるいはもっと観察力の鋭い者なら、ヒュイッシュの前方のだいぶ離れた砂の上に火のついていない葉巻が落ちていることに気づいただろう。

「ロンドンの路地裏にこびりついた腐肉め！　これがおまえの仲間だ！」アトウォーターは吐き捨てるように言った。「死罪に値するおまえを私がなぜいますぐ撃ち殺さないのか、さぞかし不思議に思っているだろうな、デイヴィス。いいとも、理由を教えてやろう。シー・レンジャー号もおまえが溺れ死にさせた者たちも、ファラローン号もおまえが盗んだ積荷のシャンパンも、私にはなんの関係もない。すべて神とおまえとのあいだの問題だからだ。神は決して忘れず、おまえの死期が来たときに必ずや裁きを下すだろう。お決めになるのは神であって、私はただ疑うだけの者。よって、相手がたとえ最低の虫けらであっても、疑いだけで人を殺すことはできない。しかし、よく聞け！　再びおまえの姿を見た場合は話が別だ。そのときは躊躇なく弾丸を食らわせるからそのつもりで。さあ、わかったらさっさと立ち去れ！　ぐずぐずするな！　そんなつまらない命でも惜しいなら、両手は下ろさないほうがいいぞ」

船長は両手を上げたまま、まだ口をあんぐりと開けていた。激昂のあまり麻痺してしまったかのように。

「早く行け！」アトウォーターが怒鳴る。「三つ数えるうちに消えろ。一――二――三！」

デイヴィスはただちに背を向け、アトウォーターからゆっくりと遠ざかった。だが歩きながら、すぐさま反撃に転じようともくろんでいた。待ち伏せするため目にも止まらぬ速さで木の裏へ隠れ、ピストルを構えてその場にしゃがみ、こっそり向こうをうかがった。歯をむき出したその顔は、獲物に飛びかからんとする毒蛇を思わせた。が、飛びかかるにはもう遅かった。ベランダにアトウォーターと召使いたちの姿はなく、ランプの明かりが誰もいないテーブルと家の周囲の砂を照らしていた。夜の闇へ投じられた光は四方に分散し、背の高いヤシの木の長く濃い影がいくつも映し出されている。

デイヴィスは歯ぎしりして悔しがった。やつらはどこだ？　臆病者どもめ、怖じ気づいて巣穴に逃げ込みやがったか？　だが、反撃しようという考えはそもそも無謀だった。ウィンチェスター銃で武装した三人を相手にたった一人で、しかも使い古しのリヴォルヴァーを頼りに立ち向かおうというのだから。だいいち、明かりのともった静かな家から敵が撃ってくれとばかりに姿を現わすだろうか？　いま頃は裏手から身をかがめて近づいてくる最中かもしれない。空き瓶や割れた陶磁器を集めておく暗い地下室からデイヴィスに銃口を向けている可能性もある。要するにデイヴィスに勝ち目はない。いまできるのは、無駄な抵抗はやめて、（まだ手遅れでないならば）べろんべろんに酔った足手まといの仲間を連れて引き揚げることだけだった。

「ヒュイッシュ、来い」とデイヴィスが呼ぶ。

「葉巻がどっか行っちまった」ヒュイッシュは前方をあてもなく手探りしている。

船長はいらだたしげに悪態をついた。「いいから、さっさとついて来い」

「いやだね。今夜はここで――アトウォーターの家で寝る。船に戻るのは明日でいいだろ？」

おめでたい男はのんきに答えた。

「よく聞け。いますぐ来ないなら、この場でおまえを撃つ！」船長の険しい声が飛ぶ。

その言葉の意味はヒュイッシュの頭には浸透しなかったようで、性懲りもなく葉巻探しを再開しようとした。が、動き出したとたんバランスを失って前へつんのめり、結果的にデイヴィスのそばへ移動したことになった。

「ほら、立ってまっすぐ歩け」ヒュイッシュの身体をむんずとつかんで、船長が言う。「それくらいのこともできんのか！」

「葉巻がどっか行っちまった」ヒュイッシュはさっきと同じ言葉を繰り返した。

その瞬間、抑え込まれていた船長の憤りが爆発炎上した。ヒュイッシュの襟首をつかんで乱暴に前へ押しやると、恐ろしい形相で桟橋に向かって走りだした。

「葉巻なんかくそくらえだ、この豚野郎！」船長はそう怒鳴ったあとに呼子笛をくわえ、なかに入っている玉がカタカタいわなくなるほど勢いよく吹き鳴らした。

ファラローン号の甲板でただちに反応する動きがあった。数人の声に続いてオールを漕ぐ音が聞こえ、ラグーンの水面をボートが滑るようにやって来た。ちょうどそのとき、ボートよりも船長に近い場所でヘリックが姿を現わした。物憂げな足取りで近づいてくると、明らかに人事不省の状態で船首像の下にうずくまっているヒュイッシュを上からのぞき込んだ。

「死んでるのかい？」ヘリックが尋ねた。

「いいや、死んじゃいない」デイヴィスは答えた。

「で、アトウォーターは？」

「黙れ！」デイヴィスは質問を一蹴した。「ごちゃごちゃと口をはさまんでくれ。おまえさんのたわごとはもう聞き飽きた！」

それきり二人とも押し黙った。待っていたボートがようやく桟橋に着くと、それぞれヒュイッシュの頭と足を抱えて運んでいき、舟底に無造作に転がした。ボートが岸を離れてからも、葉巻がないとつぶやくヒュイッシュの声が聞こえていた。ファラローン号の舷側へ積荷のように引き揚げられたあとは、〝すごくいいやつだよ、アトウォーターは！〟という意味だと思われるうわごとを最後に眠りに落ちた。今宵の冒険で彼が行き着いたのは、そのような実に単純明快な結論だったわけだ。

デイヴィス船長は腹立たしげに甲板の中央を行ったり来たりしていた。ヘリックは船尾の手すりに両腕でもたれ、乗組員たちは一人残らず寝床に入っていた。左右に静かに揺れる揺りかごのような船で、滑車がときおり鳥の鳴き声に似た音で甲高くきしんでいる。岸辺に目を転じると、列柱めいたまっすぐなヤシの木々の奥に、たくさんのランプに煌々と照らされたアトウォーターの家が浮かび上がっている。だが頭上と眼下のラグーンにはなにもなく、夜空にまたたく星と水面に反射するその光を除けばなにも見えない。数分のようにも数時間のようにも感じられるあいだ、ヘリックは船尾の手すりにもたれて輝く水面と吸い込まれそうな静寂をのぞき込んでいた。星を浮かべた浴槽みたいだな、と考えていたとき、肩に誰かの手が置かれるのを感じた。

「ヘリック」デイヴィスだった。「歩いて頭を冷やしてきたよ」

背筋を鋭い震えが走ったが、ヘリックは返事もしなければ、振り向きもしなかった。

「浜ではおまえさんにちょっときつい言い方をしちまったな。あのときはかっかしてたんだ。いまはおさまった。一緒に今後のことを考えよう」

「なにも考えるつもりはない」とヘリックはつっぱねた。

「おい、頼むよ、相棒！」デイヴィスはおもねる口調で言った。「仲たがいするのはよそうぜ。な？　元気を出して、協力してくれ。友人が困ってるのに、知らんぷりするつもりか？　おまえさんらしくもない」

「いいや、これが本来のぼくらしさだ」ヘリックは言った。

「やれやれ、まいったな！」途方に暮れた様子で少し黙り込んだあとに続けた。「いいか、わたしはたとえいまシャンパンを目の前に出されても、絶対に口をつけない。それだけ真剣だってことだ。だがおまえさんは景気づけに飲んだほうがいい。疲労回復のための強壮剤みたいなものだ」

「もうかまわないでくれ！」そう言い放って、ヘリックは立ち去ろうとした。

船長が袖をつかんで引き止めた。するとヘリックは荒々しくそれを振り払い、突然悪霊に取りつかれたかのような形相で振り返った。

「一人で勝手に地獄に落ちるがいい！」絶叫が口をついて出た。

今度は引き止められることなくその場を離れた。船首のほうへ向かい、海面で揺れているボートがときおり舷側に当たってこすれ合っているところまで行った。あたりを見回すと、船室の角が船長の視線をさえぎってくれていた。条件はそろっている。ここならなにをしようと誰にも見られる心配がない。最後の行動に出るにはおあつらえ向きの舞台だ。ヘリックは静かにボートへ乗り移った。そのあと、星をちりばめた海面にそっと身体を浸した。本能的に手足が動いて小さく泳ぎだしたが、多少寄り道する時間はあるだろう。

水の刺激でたちまち頭がはっきりした。愚劣な一日のさまざまな出来事が、走馬灯のごとく脳裏に現われては消えていく。自殺の扉が開かれたことを、すべての神に感謝したい気持ちだった。あと少しで彼はそれを完遂する。行き当たりばったりの人生にようやく終止符が打たれ、放蕩息子は故郷へ帰るだろう。眼前には月が皓々と輝き、海面に一筋の光の道を映し出している。ヘリックはそこをたどって進んでいった。それこそがこの世の見納めにふさわしい確かなものだと感じた。輝く小さな月はヘリックの頭のなかで荘厳なラピュタ（スウィフト『ガリヴァー旅行記』に登場する天空に浮かぶ島）に変わり、周囲にめぐらされた柱廊を歩く温和で崇高なたたずまいの男女がこちらへ慈悲深い視線を注いでいた。幻想ではあっても、見守ってくれている人がいるという安堵感に心が慰められた。ラピュタの住民たちが語り合っている言葉を思い浮かべた。それはヘリック自身の身の上と彼の悲しい運命の物語だった。

　そんな想像の飛躍に心地よく浸っていると、冷たさを増した水に突然現実へ引き戻された。なにをぐずぐずしている？　早く幕を下ろして神聖なる安息の地を目指し、あらゆる人種、あらゆる世代の者たちとともに永遠の眠りについたらどうだ？　それなら行動に移すのはたやすいのでは？　泳ぐのをやめさえすればいいのだから、なんの手間もいらない。だが自分にそれは可能だろうか？　最後までやり通せるのか？　無理だ、できない。ヘリックはたちまちそう悟った。全身が一斉に抗って、頑として言うことを聞かないのだ。一致団結してヘリックの意志に逆らい、決意を固めて指の一本一本、筋肉の一筋一筋で生にしがみついている。肉体はヘリックのものであってヘリックのものではなかった——彼の内側に存在しながら外側に存在していた。脳のなかに普段は閉じられている小さな調節弁があって、勇気ある判断ひとつで簡単に開くと思っていたが、重力のような抗いようのない宿命の重みで外から固く押さえつけられている気がした。誰しもときおり意識することがあるはずだ。体内の関節から関節へ自分のものではない思念が吹き抜けていくのを。いうなれば心の反逆者だ。心の主を縛り上げて、本人の望まない場所へ無理やり運び去ってしまう。いまヘリックの身に生じているのはまさにそれで、神の啓示のごとき権威を放っていた。逃れる術《すべ》はなかった。開かれていた扉は臆病風に吹かれているうちに目の前で閉じてしまったのである。いまはもう俗世へ、幻想なき現実の人々のところへすごすごと引き返すしかなかった。そして、冷酷で情け深い偶然の銃弾や、あるいはもっと情け深い絞首人に不面目な人生から解放してもらえる日まで、重荷と屈辱を背負ったまま苦悶し続けなければならない。世の中には自ら命を絶てる者もいれば、絶てない者もいる。ヘリックは後者だったのだ。

　そう思い知らされたとたん胸の奥で混沌とした怒りが渦巻いたが、それはすぐにむなしい確信に変わった。揺るぎない真実を突きつけられれば、単純にそれに従うしかない。自分でも信じられないほどあっさりと割り切り、方向転換して陸のほうへ泳ぎ始めた。なぜそのような勇気が湧いたのか、本人にも理解できなかった。卑劣で臆病な自分に対する激しい嫌悪感だけが彼を動かしていた。強い潮流がまともに顔に当たったが、のろのろと重たげに、そして淡々と流れに逆らって泳ぎ続け、少しずつだが着実に前進しているのをひとかけらの喜びもなく感じ取った。やがてヤシの木の輪郭が見えてきた。かすかな希望をおぼえた瞬間、南の方角からラグーンの中心へなにかが動いていく音を耳にした。巨大な魚、要するに鮫らしきものが水しぶきを上げているのだ。ヘリックは進むのをやめ、その場で水をかいた。絞首人がお出ましになったのだろうか？　だが水音は次第に遠ざかって、静寂だけが残った。ヘリックは自分のあらわになった本性に怒りをつのらせながら、再び岸を目指して泳ぎだした。鮫に襲われることを望んでいるつもりでも、実際に鮫が接近してくるとわかったら、どうしていただろう！　自嘲の笑みが浮かんだ。自分に唾を吐きかけてやりたい気分だった。

時刻は深夜の三時頃だろう。偶然と潮の流れの影響に加え、右が利き腕のため、そうと気づかず斜めに進んでいたらしい。たどり着いた場所はアトウォーターの家の真ん前にある砂浜だった。水から上がると、浜辺に腰を下ろし、希望の灯がひとつもない世界を見つめた。自負心という名の潜水服は悲しいほどずたずたに破れていた。これまでは自殺を思い描き、逃避のおとぎ話を語り聞かせることで自分をだまし、人生の試練になんとか耐えてきた。だがもう限界だ！　おとぎ話はしょせんおとぎ話、単なる空想でしかない。自らの行動が招いた結果をおとなしく受け入れ、残りの人生に立ち向かわなければならないのだ。十字架に磔になって、臆病なふるまいの罪滅ぼしに鉄釘を手足に打ちつけられたも同然の状態だった。それでもヘリックは涙を流さなかった。もう作り話を自分に吹き込もうとはしなかった。自己嫌悪があまりに激しく、言い訳がましい寓話をこしらえる気力など湧かなかったのである。磔柱から落ちて全身の骨が砕け、地面に横たわったまま起き上がろうとしない男。それがいまの自分だ。すべての罪を認め、事実を受け入れていた。

環礁の向こう端に早暁が訪れた。夜の帳《とばり》は取り払われ、曙光に輝く空で雲がきらびやかな色彩に染まりつつある。その光景でヘリックは急に我に返った。ラグーンと木々は再び昼間の制服に着替えたのだ。海上を見ると、ファラローン号の甲板でデイヴィスがカンテラの火を消しているところで、厨房から朝食を準備する煙が上がっていた。

デイヴィスのほうも砂浜の人影に気づき、それが誰なのかもわかったはずだが、たぶんヘリックだと認めるのを躊躇したのだろう。額に手をかざして長いこと浜辺を見つめたあといったん船室へ行き、望遠鏡を持ってきた。頻繁に使っていたので非常に性能の高い望遠鏡だと知っているヘリックは、本能的な羞恥心から両手で顔を覆った。

「なぜ舞い戻ってきたんだね、ミスター・ヘイ？　ああ、ミスター・ヘリックと呼ぶべきかな？」背後からアトウォーターの声がした。「私のいる地点からはきみの姿が丸見えだ。格好の射撃位置にいる。このまま銃を向けているからそのつもりで。きみがおかしなまねをしないかぎり、友好的な関係を保てるだろう。言っておくが、振り向かないほうが身のためだ」

ヘリックは緩慢な動作で立ち上がった。心臓が激しく高鳴って、悪寒で全身が震えた。だが、おのれの肉体の主人らしくそれをこらえてゆっくりと後ろを振り返り、アトウォーターとライフル銃の銃口に正面から向き合った。昨夜はなぜこれができなかったんだろう、と内心で自問した。そのあと、アトウォーターに向かって言った。

「どうしたんです、発砲しないんですか？」声が震えているのが自分でもわかった。

アトウォーターは慎重に銃を下ろして脇に抱え、両手をポケットに突っ込んだ。

「なぜ舞い戻ってきたんだね？」アトウォーターが同じ質問を繰り返す。

「わかりません」ヘリックは涙声で訴えた。「ぼくをどうにかしてください」

「武器は持っているか？」アトウォーターが尋ねる。「ただの形式上の質問だが」

「武器？　いいえ！」ヘリックはそう答えてから、急いで言い直した。「ああ、忘れていました。持っています」水がしたたるピストルを砂浜に放り投げた。

「ずぶ濡れだな、きみ」とアトウォーター。

「ええ、ずぶ濡れです」ヘリックが答える。「ぼくをどうにかできませんか？」

アトウォーターは用心深くヘリックの表情を探った。

「それはきみがどういう人間かによるだろうな」アトウォーターは言った。

「どういう人間か？　臆病者ですよ！」ヘリックは叫んだ。

「それについてはどうにもできないな」アトウォーターは言った。「もっとも、臆病者の一言だけではその人を表現しきれないと思うが」

「それでもべつにかまわないじゃありませんか！」ヘリックは大声で言った。「ぼくは見てのとおりの人間です。壊れた陶器、破れた太鼓みたいなものです。ぼくの人生はまるごと海に溶けて流れ去り、信念だなんだといったものはひとつも残っていません。ただ生きているだけの煩《わずら》わしいできそこないなんです。どうしてあなたのところへ戻ってきたのか、自分でもわからない。あなたは冷酷で残忍な、悪意に満ちた人間だ。ぼくはあなたを憎んでいる。少なくとも憎んでいると思っている。でもあなたは正直な人、誠実な紳士でもある。だから無力な男はあなたの助けにすがるしかないんです。ぼくはどうすればいいんでしょう？　もうなにもできることがないなら、お慈悲ですから銃弾を一発撃ち込んで始末してください。脚の骨が折れた子犬と同じなんです。どうか楽にしてやってください！」

「私がきみの立場だったら、そこに落ちているピストルを拾って家へ入り、乾いた服に着替えるよ。さあ、来たまえ」アトウォーターは言った。

「本気で言ってるんですか？」ヘリックは驚いた。「連中は――ぼくも含めて――あなたを――ああ、訊くまでもありませんね。あなたはなにもかも知っている」

「知っているとも、なにもかも。さあ、家へ入りたまえ」

一方、デイヴィス船長はファラローン号の甲板から、二人の男が連れ立って木立の奥に消えるのをじっと見守っていた。

第十一章　ダビデとゴリアテ

ファラローン号の甲板は強烈な陽射しにさらされていた。それを避けるためヒュイッシュは船室の壁に顔を向けて寝そべり、身体を丸めて眠っている。薄い南国の服をまとった貧弱な身体はまるで鶏ガラのようだった。船長のほうは支索に腕をからめて手すりに腰掛け、浮かない顔つきで考え込んでいる。人員不足の状態でこれからどうすればいいのか思案しているところだ。ヘリックが脱走して敵側に寝返ったいま、協力や助言を求める相手はヒュイッシュしか残っていない。

デイヴィスは沈んだ気分で現状を細かく整理していった。この船は盗んだ船だ。積んである食料は最初から計算がいいかげんだったのか、航行中のでたらめな消費がたたったのか、底をつきかけている。タヒチのパペーテへ戻るのがやっとで、ほかの港へはどこにも行き着けない。だがパペーテに引き返せば懲罰が待っている。着くなり憲兵にひっとらえられ、奇妙な帽子をかぶった裁判官の前へ引き出され、恐ろしいニューカレドニアへ送られてしまう。そうなったら希望の光は完全に消滅する。かといって、ドラゴンが目を覚ましたこの島はもっと恐ろしい。アトウォーターとその子分どもは、ウィンチェスター銃を持って周囲に目を光らせ、家を警護している。そんな場所へは危なくて近づけっこない。トリニティ・ホール号が到着して拘束されるか、食料がとうとう尽きて飢餓に襲われるかするまで、ここにこうして座ったり、甲板をうろうろしたりするしかないのか？　もっとも、トリニティ・ホール号に対しては心づもりができていた。船室にバリケードを築いてたてこもり、壁の割れ目にはまり込んだネズミのごとく死んでいくのだ。しかし、ファラローン号のことはどうする？　つい二週間前に文字どおり前途洋々たる状況で出航したというのに、そんな悪夢のような終わり方でいいのか？　船は錨を下ろしたまま朽ち果て、乗組員たちは衰弱して最後は甲板排水口で息絶えるのか？　どうあがいても、どんなに危険な賭けを選んでも、行き着く先は身の毛のよだつ結末と決まっている気がした。思い切って海へ出たところで、もっと未開の地であるツアモツ諸島で食人儀式の生贄にされるのがおちだろう。風が吹かないかと、デイヴィスは海上へ視線をさまよわせた。だが、貿易風の井戸は涸れて空っぽだった。白い雲を乗せた青い馬車が何週間も疾駆していた場所は、いまはしんと静まり返っている。大気の状態は安定し、当分崩れそうにない。帯のように長く伸びた島を眺めると、金と銀と緑に光るヤシの木が左から右まで、端から端まで、密に連なっていた。移り気な葉っぱすらそよとも揺れず、金属の彫刻のごとくじっとうなだれて、ラグーンの水面に静かな像を映している。林は早くも熱を反射し始めていた。今日はもう逃げられない。明日になっても同じだろう。そうしているあいだも食料はどんどん減っていくばかりだというのに！

そのとき、デイヴィスの人間性の奥底から、あるいは幼少期の記憶にしまい込まれていた純粋な迷信深さから、突如ある考えが湧き起こった。こうやって悪運ばかりがついて回るのは尋常でない。不自然すぎる。本来、ゲームの運はそのつど変わるもので、勝つこともあれば負けることもあるはずだ。こんなに不運ばかりに見舞われるのは悪魔がゲームの駒を操っているからにちがいない。悪魔？　その二文字に、デイヴィスは昨晩ベランダでアトウォーターが鳴らした呼び鈴の音を思い起こした。闇のしじまに喨々と響き渡ったあと、次第に消えていったあの音を。もしや、悪魔ではなく神なのか……？

そう思いかけて、急いで考えをそらした。とにかく、鍵を握るのはアトウォーターだ。あいつは食料も真珠も持っている。その二つをちょうだいすれば、この島から逃げ出して、贅沢三昧に暮らせるだろう。現在と未来、双方での勝ちが約束されるわけだ。よって、アトウォーターをなんとか倒さなければならない。昨夜の自分のぶざまな姿と、黙って甘んじるしかなかったアトウォーターの痛罵を思い出し、デイヴィスの顔は赤く染まった。くすぶる怒り、屈辱感、生への欲望。それらすべてがただひとつの方向を指していた。が、突き進もうとしてすぐにつまずいた。いったいどうすれば、やつに接近できるんだ？　船室の脇で眠りこけているあの痩せっぽちの役立たずを、なんとかうまく利用する方法はないか？

　デイヴィスは相手の魂まで見透かそうとするように、異様な執着心が浮かんだ目でヒュイッシュを見つめた。すると、眠っていた男はむずがるように身動きし、突然寝返りを打ってこちらを向いた。そこで目が覚めたらしく、ぱちぱちとまばたきしながらデイヴィスを見た。見つめ返すデイヴィスの目は依然として暗く険しい。ヒュイッシュのほうが先に視線をそらし、身体を起こした。

「くそっ、ひでえ頭痛だ！」ヒュイッシュが言った。「ゆうべはちょっくら飲みすぎたな。あれ、泣きべそのヘリック坊やはどこだい？」

「出ていったよ」船長は答えた。

「島へ戻ったってことかい？　じゃあ、おれもそうしよう」

「本気か？」と船長が訊く。

「ああ。アトウォーターのことが気に入ったんだ。あんたとヘリックがどこかへ消えてるあいだ、アトウォーターと二人ですっかり盛り上がっちまってさ。シェリー酒にもたっぷりありつけて、言うことなしだ。あいつのところの酒は、スピアーやポンズやアモンティリャードにも匹敵するうまさだな。いまここで浴びるほど飲めたらいいのに」

「ほう、そうか。だがあいにく二度とありつけないだろうよ――それだけは確かだ」デイヴィスはいかめしい顔つきで言った。

「なんだよ、虫の居所が悪そうだな、デイヴィス。いったいどうしたんだ？　二日酔いか？

このおれを見ろ。ちっとも不機嫌じゃないぜ。カナリヤみたいに陽気そのものだ」ヒュイッシュは言った。

「そうとも」とデイヴィス。「おまえは陽気だよ。ゆうべもご機嫌だったせいで、取り返しのつかないへまをやらかしてくれたようだな」

「おい！」ヒュイッシュが驚く。「なんだよ、それ？　取り返しのつかないへまってのはどういうことだ？」

「知りたけりゃ説明してやろう」船長はそう言うと、手すりからゆっくりと下りた。

そのあとヒュイッシュに昨夜の事態をなにからなにまで、つぶさに語り聞かせた。アトウォーターに手ひどく罵倒されたときの模様を微に入り細をうがち繰り返し強調しながら、おのれの自尊心もヒュイッシュの虚栄心も丸裸にして、グリルの直火で容赦なくあぶった。耐えがたい恥辱にあえて苦しもうとする自虐ぶりは、単純な男ならではのお家芸といえよう。

「で、どう思う？」語り終えたあと、船長は甲板に座り込んでいるヒュイッシュを見下ろした。ヒュイッシュは赤面して殊勝な態度を見せながらも、とぼけたような表情がうっすら浮かんでいた。

「そうだな、はっきり言うなら、あんないやなやつとは絶交しようぜ」ヒュイッシュはきっぱりと答えた。

「同感だ」デイヴィスがうなずく。「まったく、いけ好かない野郎だよ、アトウォーターは。

こてんぱんにやっつけて屈服させないと、気が済まない」

「ようし、そうこなくちゃ！」ヒュイッシュが気炎を吐く。「だが、どうやってつかまえる？」

「問題はそこだ！」待ってましたとばかりにデイヴィスが言う。「どうやってやつをつかまえるかだ。向こうが四人いるのに対し、こっちは二人。だが敵陣のなかで勘定に入れなきゃならんのはアトウォーターだけだ。あいつ一人にねらいを定めよう。ほかの連中はどうせ臆病だから、鶏や鵞鳥みたいに泡食って逃げ出すだろう。そうすりゃ、われらが友人のヘリック君も真珠の分け前をもらおうと戻ってくるさ。というわけで、これがアトウォーターのつかまえ方だが、残念ながら上陸の手立てが見つからん。ボートで岸へ近づけば、あちらさんの銃で犬ころみたいに撃ち殺される」

「やつを生け捕りにしたいか？」ヒュイッシュが訊いた。

「くたばったところを見たい」船長は答えた。

「だったらまかせとけ！　出かける前に軽く腹ごしらえしておくか」

ヒュイッシュは船室へ入っていった。

そのあとを船長が慌てて追いかける。

「どういうことなんだ？　なにか計画があるのか？」

「うるさいな、ちょっと黙っててくれ」シャンパンのボトルを開けながらヒュイッシュは言った。「どういう計画かはちゃんと話すよ。二日酔い気味なんでね、迎え酒で頭をすっきりさせるまで待ってくれ」グラスの中身を一息に飲み干してから、耳を澄ますしぐさをした。「ほうら、聞こえるぜ！　胃のなかでパチパチいってる。油で揚げてるみたいだ。デイヴィス、あんたも一杯やれよ。それがつきあいってもんだろ？」

「断る！」船長はつっぱねた。「わたしは飲まんぞ。重大な仕事を控えてるんだからな」

「ふん、好きにするがいいさ。損するのはおれじゃないからな。だけど昔ながらのどうってことない仕事だぜ。そんなもののために朝食を抜くやつの気が知れないね」

ヒュイッシュがシャンパンをボトルの四分の三ほど飲み、ビスケットの端をちびちびとかじっているあいだ、向かいの席にいるデイヴィスはいらだって轡《くつわ》を噛む馬のように歯ぎしりしていた。やがてヒュイッシュは両腕をついてテーブルにもたれ、デイヴィスの顔をまっすぐ見た。

「さてと、そっちの用意がよけりゃ、始めようぜ」とヒュイッシュ。

「ああ、早くおまえの計画を聞かせろ」デイヴィスはため息まじりに言った。

「公平に行かないとな。先にそっちの計画からだ」

「あいにくだが、なにも思いつかん」デイヴィスはそう答えてから、ここに至るまでの経緯や直面してきた数々の困難について漫然と振り返り、自分の犯した失敗についてだらだらと無用の弁解を続けた。

「お手上げってことか？」とヒュイッシュ。

「そうだ。このままじゃ、ここで死に絶えるしかない」デイヴィスが答える。

「へえ。だったらテーブルの上に手を置いて、天に向かって誓うんだな」とヒュイッシュ。

「〝この命にかけて、決して仲間を裏切りません〟って」

ヒュイッシュの声は低く抑えられていたが、背筋が寒くなるほどの凄味が利いていた。そのうえ顔には残忍な狡猾さがありありと浮かんでいる。デイヴィスが飛んでくる拳骨をよけるかのように反射的に身を引いたのも無理からぬことであろう。

「なんのために？」船長は警戒心もあらわに訊いた。

「運を引き寄せるためさ。それには確かな約束が必要だ」

ヒュイッシュは先に片手を差し出して待っている。

「そんなくだらんまねをしてなんの役に立つのか、さっぱりわからんね」船長は不平がましく言った。

「おれはわかってる」ヒュイッシュが言い返す。「四の五の言わず、さっさと手を出して誓えよ。そうすりゃ、計画を話してやる。あんたがやらないなら、おれもやらない」

船長はしかたなく言われたとおりにしたあと、苦悶の表情で息づかい荒く元店員の顔を凝視した。なにを恐れているのか自分でもわからなかったが、相手の青ざめた唇から飛び出す言葉に聞く前から怖気づいていた。

「よし、ちょっとばかし席をはずさせてもらうぜ」ヒュイッシュは言った。「赤ん坊を連れてこないとな」

「赤ん坊？　なんのことだ？」

「割れもの注意ってことさ。赤ん坊みたいに優しく扱わなきゃいけないんだ。向きをまちがえずにな」ヒュイッシュは意味ありげに片目をつぶって見せ、部屋を出ていった。

戻ってきたときは薄気味悪い笑みを浮かべながら、絹のハンカチにくるんだ得体の知れない物を持っていた。デイヴィスは額にしわを作って目を見開き、それをじっと見つめた。ハンカチにはなにが入ってるんだ？　そう自問したが、リヴォルヴァー以外にはなにも思いつかなかった。

ヒュイッシュは再び椅子にかけた。

「さてと」おもむろに口を開く。「エリック坊やと島のやつらは、あんた一人でどうにかできるだろ？　おれはアトウォーターを片付けるからさ」

「いったいどうやって？　おまえには無理に決まってる！」デイヴィスは声を荒らげた。

「チッチッ！」元店員は舌を鳴らした。「慌てんなよ。最大の難問はなんなのか、考えてみな。上陸することだろ？　ただボートを漕いでっただけじゃ、絶対に無理だ。そこでいいことを思いついた。白旗を揚げて、休戦を求めるふりをするのさ。どうだ、うまくだませそうだと思わないか？　アトウォーターのやつはそれでもかまわず銃をぶっ放して、おれたちを犬ころみたいに撃ち殺すか？」

「いや」デイヴィスは言った。「そうは思わん」

「おれもだ。あいつならそんなことはしないと思う。ま、そう願ってると言ったほうが正しいけどな。とにかく、その戦術でボートを浜に着ける。無事に上陸できたら、次は攻撃に有利な距離までどうやって近づくかだ。それについては、あんたに手紙を書いてもらって、そいつをアトウォーターに渡す。文面はこうだ。〝アトウォーター殿、わたしは恥ずかしくてあなたに顔向けできません。よって、本状を持参したミスター・J・L・ヒュイッシュを代理人に指名し、いっさいの権限を彼に与えることとします。なお、ミスター・J・L・ヒュイッシュは武装せずに休戦交渉に臨みますので、どうぞよしなに〟」

ヒュイッシュはそこで黙り込んだが、話をしめくくったわけではないらしく、デイヴィスの目からまだ視線をはずさなかった。

「本気か？　なぜおまえなんだ？」デイヴィスが尋ねる。

「あのな、まずあんたは図体がでかい。それに、やつはあんたがポケットに銃を入れてることを知ってる。それを使うのをいとわない男だってこともな。それは誰が見たって明らかだ。だから、あんたじゃだめなんだよ。勝算はまったくなし。だがおれのことはあまり怖がってないはずだ。このとおり身体が小さいし、銃も持ってない――実際に持ってかないぜ。あいつの目の前で両手を上げて、丸腰だってことを見せてやるつもりだ」ヒュイッシュはそこで一息ついた。「で、いよいよ話し合いに入って、あいつに接近できたら」また一拍置く。「おれがやることをよく見て、うまく援護してくれ。接近できなかったら、おとなしく退散する。なにも損はない。わかったな?」

船長は顔をゆがめ、話の内容を理解しようと四苦八苦している様子だ。

「いいや、わからん」たまりかねたように大声で言う。「わかるわけないだろう。いったいどうするつもりだ?」

「獣《けだもの》になりきるってことさ!」ヒュイッシュが毒々しい残虐な喜びを爆発させ、勝ち誇った声で言った。「相手を油断させといて、罠にはめるんだ。あいつはおれをばかにしやがった。だからお返しに一杯食わせてやる。ふん、せいぜい楽しむがいい!」

「なにをやろうってんだ、おまえは?」船長の声が細くかすれた。

「ほんとに知りたいか?」ヒュイッシュは訊いた。

デイヴィスは立ち上がって、船室内をうろうろし始めた。

「ああ、知りたい」少し経ってから、意を決した口調でデイヴィスが答える。

「人間ってのはぎりぎりまで追いつめられたときこそ、最大限に力を発揮する。手段を選ばないからな。ちがうか?」元店員が説明を始めた。「もっとも、世の中には偏見を持ってるやつらがいて、そういうのを下品だの卑怯だのと言ってけなすけどな」ヒュイッシュはハンカチを開いて、中身を見せた。四オンスの小瓶だった。「硫酸が入ってる」

デイヴィスは顔面蒼白になってヒュイッシュを見つめた。

「すさまじい威力なんだぜ!」ヒュイッシュは小瓶を掲げて言った。「皮膚だけじゃない、骨まで焼けるんだ。地獄の業火みたいに、もうもうと煙を上げてな。こいつをやつの目ん玉に一滴ひっかけりゃ、一丁上がりだ。あとはあんたの出番ってわけよ」

「やめろ！　後生だから、やめてくれ！」デイヴィスは悲鳴を上げた。

「いいか、船長さん、これはおれの切り札だ。おれ一人であいつに近づいていく。向こうは七フィートくらいある大男、片やこっちは五フィート一インチ。しかもあいつはライフル銃を手に油断なく警戒してるし、昨日産まれた赤ん坊とちがって抜け目ない。これがほんとのダビデとゴリアテの戦いだ！　この命がけの対決にあんたを道連れにするつもりはない。邪魔が入らないよう、島のやつらを片付けてくれりゃそれでいい。そのあとのことは成り行きまかせだ。どうだい、わかってくれたかい？　あんたはただ見物してるだけだ。やつが転げ回って、わめきながら苦しみもがくのを……」

「よせ！」デイヴィスは言った。「それ以上聞きたくない！」

「ふん、この腑《ふ》抜けめ！」ヒュイッシュは吐き捨てるように言った。「あれだけ息巻いてたくせに、急に臆病風に吹かれやがって。アトウォーターを殺したいんだろ？　ゆうべそうするつもりだったと言わなかったか？　あんたは連中を皆殺しにしたい。だからおれがその秘策を考えてやった。それのどこが気に食わないんだ？　たかが小瓶に入った液体ごときに、ぎゃあぎゃあ騒ぐのはやめてくれ！」

「おまえの言うとおりかもしれん」デイヴィスは折れた。「ほかにしかるべき方法が見つからんのなら、そいつを使うしかあるまい」

「化学の応用ってやつだよ。そうだろ?」ヒュイッシュは冷笑を浮かべて言った。

「さあね」デイヴィスは床の上を行ったり来たりしている。「だめだ、ふんぎりがつかん！　越えてはならぬ一線ってものがあるはずだ。わたしはこれまでそれを守って、卑怯なことには手を染めないできた。おまえのやり方はあまりに残虐だ。人の道をはずれてる！」

「それはあんたの勝手な幻想だろ?」ヒュイッシュがやり返す。「じゃあ、ピストルを使うのは残虐じゃないのか?　鉛の弾で相手の脳みそを木端微塵に吹き飛ばすんだぜ。単に好みのちがいだと思うけどね。蓼《たで》食う虫も好き好きってことだ」

「ああ、その点は否定しないよ。だが、どうしても嫌悪感をおぼえるのだ。わたしのなかのなにかが拒絶している。愚かさかもしれんな。そうとも、聞き分けのない愚かな別の自分が、一線を越えるなと叫んでる。ほかに方法はないのか?」

「自分で考えな」ヒュイッシュが突き放す。「あんたがそこまでいやがるなら、おれもべつにどうでもいい。野心家じゃないから、主役を演じることにこだわっちゃいないしな。おれは自分の奥の手を見せてやった。今度はあんたの番だ。そっちがもっといい案を出せないなら、この方法でやらせてもらうぜ！」

「失敗したらどうする！」デイヴィスが叫ぶ。

「真面目に答えるなら、成功の確率は七対一ってところだろう。あくまで目算だけどな、船長さん。これはゲームなんだ。勝つも負けるも時の運。見ろ、おれはこのとおり肝が据わってる。ぐずぐず迷ってなんかいないぜ。骨の髄まで勝負師だからな」

船長は相手を見つめた。テーブルの前に座っているヒュイッシュは不敵なまでに自信たっぷりで、さも誇らしげだった。悪魔を味方につけているかのような余裕綽々ぶりだ。蠟燭の火をともしたカンテラのごとく、卑劣な度胸と覚悟に内側から照らされている。それを見てデイヴィスはうろたえ、不本意ながら尊敬の念さえ抱いた。ついさっきまではヒュイッシュのことを弱虫で覇気のない怠け者で、なにをするにも不平たらたらな役立たずだと思っていた。ところが、いまはどうだろう。魔法使いが杖をひと振りしたかのように、悠然と椅子に腰掛け、揺るぎない決意で顔を輝かせている。これはまずいことになりそうだぞ。いったい誰がこいつを止められるんだ？　デイヴィスは不安におののき、気力がくじけた。

「好きなだけじろじろ見ろよ」ヒュイッシュが言った。「どれだけ見たって、おれに死角はないぜ！　アトウォーターがなんだ。あんなやつ、怖くもなんともない。いいか、この際はっきり言わせてもらう。あんたは人を殺したがってる。それがあんたの望みだ。だったら、お上品ぶった生ぬるいやり方は捨てるこった。うまく行くわけないんだからな。殺人は気取ってちゃできない。簡単じゃないし、安全でもない。やり通せるのは根性のある本物の男だけだ。それがこのおれさまってことよ」

「ヒュイッシュ！」船長は勢い込んでなにか言いかけたが、急に口をつぐみ、眉根を寄せて相手の顔をただじっと見つめた。

「で、どうすんだよ」ヒュイッシュが決断を迫る。「ほかに名案はあるのか？　やってみる価値のある別の手立てを探せるか？」

船長は押し黙っている。

「ほうら見ろ！　しょせん無理なんだよ」ヒュイッシュは肩をすくめた。

デイヴィスはまた室内を行ったり来たりし始めた。

「どうせなにも思いつきっこないんだから、衛兵交替みたいにそうやってへとへとになるまで歩き回ってりゃいいさ」とヒュイッシュ。

短い沈黙が下りた。船長はぶらんこに乗っているかのように、二つの選択肢のあいだで頭がふらふらするほど揺れ動いていた。容認か、それとも拒絶か。

「しかしだな」船長は急に言葉を切った。「本当にやれるのか？　すべて思いどおりに運ぶとはかぎらんぞ。易しい――仕事じゃないんだからな」

「アトウォーターに二十フィートまで近づけば、こっちのもんよ。乞うご期待ってところだな」その口調からすると、確信はびくともしていないようだ。

「なぜ細かい距離までわかるんだ？」襲いかかってきたショックに、船長は喉を詰まらせた。

「この極悪人め！　さては前にもやったことがあるな？」

「それは個人的な問題だから、答えるつもりはない」ヒュイッシュが返事を拒んだ。「おれはおしゃべり好きじゃないんでね」

　激しい嫌悪感が雷のようにデイヴィスの全身をびりびりと貫いた。唇から金切り声が飛び出しそうになって、必死にこらえた。もしこらえきれなかったら絶叫とともに感情が爆発して、暴力をふるっていただろう。ヒュイッシュにつかみかかって、抱え上げたあと床に叩きつけ、船室中を引きずり回していただろう。逆上すれば道義心が薄れ、相手に対していくらでも残酷になれる。だが決定的瞬間が過ぎ去り、暴力衝動が不発に終わると、船長は勢いを失って弱気になった。これはのるかそるかの大ばくちだ――成功すれば真珠が手に入るが、失敗すれば屈辱にまみれた餓死が待っている。十年分の真珠といえば、莫大な富だぞ！　デイヴィスは空想をふくらませ、自分と家族の豊かな輝ける未来を思い描いた。新しい生活の場はロンドンに定めよう。いろいろと差しさわりがあって、アメリカのポートランドには住めない。イギリス流に暮らしている自分を想像してみた。先導役のあとに続いて行進する、学校の正装用ガウンに身を包んだ我が子たちの姿も目に浮かぶ。住まいは瀟洒な二戸建て《セミディタッチド・ハウス》住宅で、門柱には〝ローズモア〟の表札。砂利を敷いた庭の小道にはベンチが置かれ、そこに座って葉巻をふかしている自分は襟のボタンホールに青いリボンをつけている。逆境を乗り越え、自分自身と悪意ある不運に打ち勝ったしるしだ。赤いカーテンの客間に入ると、マントルピースの上に貝殻が飾ってある――架空の世界では細部に多少の矛盾が生じるもので、マホガニーのテーブルに置かれたグロッグ酒という航海生活の象徴もまじる。そんなことを空想していると、ファラローン号が唐突にぐらりと揺れた。静かな凪の海に投錨しているにもかかわらず、液体が流れるような動きだった。船長はそれで我に返り、再び狭苦しい隠れ家の船室に意識を引き戻された。甲板に照りつける強烈な陽光が四方の壁の隙間からぎらぎらと射し込み、目の前で元店員がのんきそうに船長の決断を待っていた。

デイヴィスはまたもや床をうろうろし始めた。白昼夢を現実のものにしたいという思いがつのり、水を求めていななく馬のように抑えがたい渇望で内面がひりついた。邪魔者はアトウォーター。初対面のときから失礼きわまりない態度だったあの男だけだ。奪い取った真珠はヘリックにも等しく分けよう。ヒュイッシュがどんなに反対しても断固として譲るまい。我ながら正々堂々とした立派なはからいだな、とデイヴィスは悦に入った。むろん、硫酸には一指も触れない。〝わたしはヒュイッシュの番人でしょうか？〟（旧約聖書『創世記』第四章九節の、アベルを殺した兄のケインが弟はどこだと訊かれた際の返答をもじっている）遺憾千万だが、手段は選んでいられない！　正装姿で学校の行事に参加している子供たちが再び脳裏に浮かんだ。前々から〝上流階級の証〟だと思っていた立派なガウン……。が、同時に昨晩味わわされた悪夢のごとき汚辱がよみがえり、頭にかっと血がのぼった。

「よし、おまえのやりたいようにやれ！」船長はしゃがれ声で申し渡した。

「そう来ると思ったぜ！」とヒュイッシュ。「じゃ、さっそく手紙の用意だ。紙とペンはここにある。座って、おれの言うことを書き取ってくれ」

船長は椅子に腰掛け、ペンを握った。まっさらな紙をしばらく茫然と見つめたあと、ヒュイッシュの顔に視線を移した。潮が引いたかのように早くも決心がぐらつき、目がうつろになった。「いやな仕事だな」そうつぶやいて、両肩をこわばらせた。

「こんなのは序の口さ。さあ、ペンにインクをつけな」ヒュイッシュが促す。「まずは宛名からだ。〝ウィリアム・ジョン・アトウォーター殿〟」口述を始めた。

「やつの名がウィリアム・ジョンだと、どうして知ってるんだ？」デイヴィスが訊いた。

「木箱の荷札にそう書いてあるのを見たのさ。わかったら、早く書いてくれ」

「まだだ」とデイヴィス。「手紙にいったいなにを書けばいいんだ？」

「なんだよ、ちくしょう！」ヒュイッシュはいまいましげに叫んだ。「だから、それをおれが教えてやるんじゃないか。あんた、いったい何様だと思ってんだ？　こういうのはおれのほうが慣れてんだから、黙ってまかせときゃいいんだよ。おとなしく言われたとおり書け！　じゃ、最初から行くぞ。〝ウィリアム・ジョン・アトウォーター殿〟」再び繰り返した。船長はようやく半ば機械的にペンを動かし、詭のきつい言葉を書き取っていった。「〝昨夜の不面目な出来事を振り返ると慚愧《ざんき》の念に堪えませんが、どうしてもお伝えしたいことがあり、ペンをとりました。度重なる失礼をどうかお許しください。当方の仲間であるミスター・ヘリックは船を離れ、われわれが助かる道はないかとわずかな望みをかけて貴殿のもとへ向かいました。われわれはすでに運に見放された身。本来ならば、おとなしく定められた運命を受け入れるべきですが、無理は承知のうえで貴殿の温情におすがりする次第です。つきましては、ぜひとも話し合いを持ち、双方にとって苦痛でしかない状況を収束できればと存じます。とはいえ、昨夜の一件により貴殿はわたしを信用ならぬ者とお考えのはずですから、わたし自身がうかがうことは差し控え、我が友人であり仲間であるミスター・J・L・ヒュイッシュを代理人として送ります。彼に託すわたしの申し入れ書に記された条件は必ずや貴殿にご納得いただけるものと信じております。なにとぞご一読をお願いいたします。なお、ミスター・J・L・ヒュイッシュは武器をいっさい帯びておりません。神に誓って本当です！　それを示すため、貴殿に近づく際は両腕を頭上に掲げさせますので、どうぞご安心ください。あなたの忠実なるしもべ、ジョン・デイヴィス〟」

口述筆記が終わると、ヒュイッシュは手紙を読み返してくすくす笑い、まるで他人事のように面白がった。それを数回繰り返して、さんざんはしゃいでから、ようやく手紙を折りたたんだ。

そのあいだ船長のほうは顔をしかめ、放心状態で座っていたが、だしぬけに立ち上がった。動作は決然としていたが、頭は混乱し、途方に暮れているのが見て取れた。

「いかん！　だめだ！　いくらなんでもやりすぎだ。神はお許しにならない」

「まだ許してもらうつもりでいるのか？」ヒュイッシュは憤然と甲高い声で言い放った。「あんた、シー・レンジャー号で人を死なせたんだよな？　自分でそう言ったぜ。とっくの昔に神の怒りを買ってんだから、いまさらがたがた騒ぐのはやめてもらいたいね。おとなしく口をつぐんでな」

船長は涙を浮かべて懇願した。「やめてくれ！　なあ、頼む！　こんなことはよせ」

「いいか、これが最後通告だ。行こうが残ろうが、好きにしろ。あんたがどうしようと、おれはアトウォーターのところへ行って、やつの目に硫酸をぶっかける。あんたが行かないなら、おれ一人で行くまでだ。きっと最後は島のやつらに頭をぶん殴られて、殺されちまうだろうが、あんたと一緒にいるよりうんとましだ！　確かなことがひとつある。あんたがぐちぐち言うのを二度と聞かなくて済むってことだ。辛気臭いたわごとはもううんざりだぜ。さっさとおさらばしたいね」

船長は息をのんで、目をぱちくりさせた。頭のなかで記憶の底からよみがえった声が幻聴のごとく響いた。似たようなことを誰かが言っている。そうだ、自分が昨晩ヘリックの前で口走ったのだった。もう何年も前の出来事に感じられた。

「あんたのピストル、こっちによこしな」ヒュイッシュが言った。「ちゃんと点検しといたほうがいい。弾は六発。無駄に撃つなよ」

悪夢を見ている者のような顔つきで、船長はリヴォルヴァーをテーブルに置いた。ヒュイッシュは内部まできれいに拭いて、油をさした。

二人が甲板に出たとき、時刻は正午に近づいていた。風がそよとも吹かない、焼けつくような暑さのなか、乗組員たちにボートを下ろさせて順番に乗り込んだ。オールの先端に旗代わりの白いシャツを結わえつけた。漕ぎ手たちは命令どおり、相手からはっきり見えるようにできるだけゆっくり漕いだ。前方で、島が白熱光を発してちらちらと小刻みに揺れている。ラグーンの水面に反射した太陽が六ペンス硬貨のようなきらめきを無数にまき散らし、それらが目に深々と突き刺さった。砂浜から、海面から、さらにはボートからも、ぎらぎらした光が容赦なく跳ね返ってくる。まぶしくて目を開けていられなかったので、まつげの隙間からのぞくと、限度を知らない過剰な光は稲妻を呼ぶ雷雲のような不吉な暗さを帯びた。

　デイヴィスはあれこれ理由付けをしてこの計略に加担することになったものの、成功は少しも願っていなかった。人間、誰しも迷信にとらわれているもので、デイヴィスのような満足に教育を受けていない粗削りな性格の男はなおさら影響を受けやすい。敵を殺すことにはなんの抵抗もなかったが、瓶の劇薬は本能的に受け入れがたかった。自分を神につなぎとめていた最後の綱が断ち切られてしまう気がした。ボートが進む先にあるのは劫罰。このまま行けば地獄に落ちて、自分は永遠に罰せられるだろう。そうわかっていながら、ボートに運ばれるがままの状態に甘んじ、心のなかで自分の良心と希望に静かに別れを告げていた。

　一方、船長の隣に座っているヒュイッシュは意気軒昂とした様子だったが、その闘志は自然と湧き起こってきた純粋なものというわけではなかった。度胸が据わった邪知深い男に見せるため、絶えず内心で自らに発破《はっぱ》をかけ、引き受けた役どころを必要以上に大げさに演じていた。あの残虐きわまりないヘロデ大王（紀元前三七年頃から前四年までユダヤ王国を支配。子供を含む身内を次々に処刑した）の上を行くつもりで、立派なものをことごとく侮蔑し、どんなに無慈悲な行為もいとわないかまえだった。自暴自棄に近い心境といえよう。

「ちぇっ、暑いな！」ヒュイッシュは不快げに吐き捨てた。「残酷なまでの暑さだぜ。殺されるにはうってつけだが、殺すには不向きだな。こんな日に決行するのは気乗りしない。どうせなら寒くて凍えそうな朝にやりたかったぜ」そのあと急に歌を口ずさんだ。「〝さあ、みんなで桑の木のまわりをまわろう。寒くて凍えそうな朝に……〟（イギリスで生まれた子供の遊び歌。マザーグースのひとつ）。実を言うとな、船長さん、この歌は十年ぶりに思い出したんだ。ハックニーの小学校に通ってたとき、よく歌ったっけ。ハックニー・ウィックってところが、おれの育った場所だ」そして続きを歌った。「〝やってごらん、こんなふうに。顔を洗おう、顔を洗おう……〟。けっ、考えてみりゃくだらねえ。おい、なにぼうっとしてんだよ。このあとの一戦について考えてんのか？　まさかあんた、おれを裏切ろうって魂胆じゃねえだろうな。え、どうなんだ？」

「ああ、もう黙ってろ！」船長はたまらずに言った。

「いやだね。知っときたいんだよ」とヒュイッシュ。「あんたにとってもおれにとっても、切迫した問題だからな。敵陣へ乗り込んでいくんだ、二人ともやられちまうことだってありうるし、一人だけ生き残って、もう一人はくたばっちまうかもしれねえ。どっちみち、あと十分もすりゃすべてが決まる。へへっ、あんたがもし寝返ったら、お笑い種だぜ。行儀よく頼み込めば、あちらの天使様は翼の下にかくまって、ブランデーのソーダ割りでもてなしてくれるかもな。こりゃどうも、なんて言ってるあんたが目に浮かぶぜ」

船長はうめいた。虚勢を張って嫌味を並べているヒュイッシュのかたわらで、船長は祈りの言葉を唱えていた。なんのための祈りだろう？　それは神のみぞ知るだ。彼のぐらつきやすい無節操で非論理的な思考の外側で、死や天罰と同じくらい厳粛な、そして彼自身と同じくらい不明瞭な哀願の言葉が滔々《とうとう》と流れ出ていた。

「汝は我を見給う神なり！（旧約聖書『創世記』第十六章十三節）」ヒュイッシュはかまわずしゃべり続けた。「自分の聖書にそう書いたのを思い出したぜ。アビナダブとその一族の話も覚えてるぜ。ああ、神よ！」ヒュイッシュは天に向かって呼びかけた。「これからあっと驚く出来事をご覧に入れましょう！　乞うご期待！」

これには船長も、堪忍袋の緒が切れた。

「いいかげんにしろ！　わたしのボートで神を冒瀆するのは許さんぞ！」

「じゃあ、訊くけどよ、船長さん。どんな話題だったら、お気に召すんだい？　雨量計、避雷針、シェイクスピア、それともグラス・アルモニカ（十八世紀にベンジャミン・フランクリンによって発明された楽器。ガラスの縁を水で濡らしながら指でこすって音を出す）？　こちら、会話の入った樽でございます。硬貨投入口に一ペニーをどうぞ。蛇口をひねれば、お好きな話題が……あっ、おい、見ろよ！　やつらだ！」ヒュイッシュは陸のほうを見て突然叫んだ。「冗談じゃないぜ！　問答無用でおれたちを撃ち殺す気か？」

ヒュイッシュは小さな身体を緊張させ、敵をにらみつけた。すぐにも行動に移れるよう身構えている。

だが船長のほうはボートのなかで腰を浮かせたまま、茫然と目を見開いている。

「なんだ、ありゃ？」船長が叫ぶ。

「なんだって、なにが？」ヒュイッシュが怪訝な顔をする。

「どうしてあんな――妙ちきりんな恰好をしてるんだ？」

船長が驚くのも無理はない。船首像の後方の木立からウィンチェスター銃を手に現われたヘリックとアトウォーターは、まるで動く機械のようだった。二人とも顔がなく、陽射しに輝く金属で頭をすっぽりと覆われ、得体の知れない奇怪な化け物に変わっている。海上で風に吹かれながら、デイヴィスは自分の頭のなかの神話が現実になったのだと錯覚した。焦熱地獄のトペテ（旧約聖書『エレミヤ書』中の虐殺の谷）に棲むおぞましい悪魔どもが現われたのだと思った。が、ヒュイッシュのほうは一瞬も幻惑されなかった。

「ありゃ潜水夫のヘルメットだ。よく見ろよ」とヒュイッシュ。

「そうだったのか」デイヴィスは息をあえがせながら言った。「しかし、なぜそんなものをかぶってるんだ？　ああ、わかったぞ。甲冑代わりか」

「言ったろ？　ダビデとゴリアテの戦いだって。巨人にふさわしいいでたちじゃねえか。ようし、いよいよ始まるぞ」

アトウォーターとヘリックの両脇を固めている二人の先住民（同じく風変わりな鎧兜ならぬ

潜水服を着ている）が、左右へ広がって少し離れた木陰に身をひそめた。左右中央の三方から攻める陣形を取っているのだ。これで謎が解けた。デイヴィスはいまいましい思いで、てっぺんが輝いている彼らの兜を魅入られたように見つめた。なんの目的で来たのか一瞬忘れかけたあとに、用意した台詞を苦笑いとともに思い出した。

アトウォーターは再び木立の奥へ引っ込み、ヘリックだけが銃を小脇に抱えて桟橋へ近づいてきた。

中間地点あたりで立ち止まると、ヘリックはボートに向かって合図した。

「なにしに来た？」とデイヴィスたちに大声で訊いた。

「用件はアトウォーターにじかに伝える」ヒュイッシュがそう答え、桟橋にひらりと降り立った。「あんたじゃだめだ。おべっか使いの裏切り者だからな。ほら、これはアトウォーター宛ての手紙だ。さっさと受け取って、飼い主のところへ持っていきやがれ！　このうすのろめ！」

「デイヴィス、それでいいのか？」ヘリックは尋ねた。

デイヴィスは顎を上げてヘリックのほうを見たが、すぐに視線をそらした。黙ったままだった。ヘリックに与えた一瞥には強い感情がこもっていたが、それが憎しみなのか恐れなのか、ヘリックには判断がつかなかった。「しかたない。手紙を預かろう」そう答えると、ヘリックは桟橋の渡り板の上に靴で線を引いた。「返事を持ち帰るまで、この線を越えないように」

それから、ヘリックは木にもたれて待っているアトウォーターのところへ行き、手紙を渡した。アトウォーターは文面にすばやく目を通した。

「どういうつもりだろう?」アトウォーターは手紙をヘリックに差し出して言った。「なにかたくらんでいるのかな?」

「ええ、そうに決まってますよ!」ヘリックは断言した。

「まあ、いいだろう。話を聞くとするか」とアトウォーター。「理由もなく運命論にしがみつく気はない。彼にこっちへ来るよう言ってくれ。せいぜい用心しろとつけ加えてな」

ヘリックは浜辺へ引き返していった。桟橋の真ん中でヒュイッシュがデイヴィスと並んで待っていた。

「一緒に来てもらおう、ヒュイッシュ」ヘリックは言った。「アトウォーターが会うそうだ。ただし、妙なまねはしないほうがいいぞ」

ヒュイッシュはきびきびした動作で桟橋を渡りきると、立ち止まってヘリックと間近で向かい合った。

「やっこさんはどこにいるんだ?」そう訊いたヒュイッシュの頰にさっと赤みがさしたので、ヘリックはおやと思ったが、顔色はすぐにもとに戻った。

「あっちだ」ヘリックは前方を指差した。「両手を頭の上まで上げろ」

元店員はヘリックから顔をそむけ、敬虔の念を示すかのように船首像のほうを振り仰いだ。そのあとこれ見よがしに深呼吸し、両手を高々と掲げた。不幸にして体格に恵まれない男たちに共通の特徴なのだろうが、ヒュイッシュの腕は不釣り合いに長く、そして太かった。てのひらも異様に大きいため、四オンス瓶などは握り拳のなかにすっぽりと隠してしまえる。彼は勇ましく任務に向かう者といった風情で、堂々と歩きだした。

ヒュイッシュのあとに続いて進み始めたとき、ヘリックはふと背後の妙な気配に気づいた。振り返ると、デイヴィスが船首像のあたりまで来ていた。前かがみで口をぽかんと開け、まるで催眠術にかかったようにふらふらとついて来る。狂おしいまでの激しい好奇心にとりつかれ、正常な判断力のみならず命の危険すら忘れているようだ。

「止まれ！」ヘリックはライフル銃でねらいをつけて叫んだ。「なにをしている？　あんたは来るな」

デイヴィスは反射的に立ち止まり、気味の悪いうつろな目をヘリックに向けた。

「船首像のところまで戻れ。聞こえないのか？　早くするんだ」ヘリックは鋭い口調で命じた。

船長はひとつ息を吐くと、言われたとおり後ずさりし、今度はヒュイッシュに視線を向けた。ヤシの木立のあいだの少し開けたところに砂の窪地があり、真昼の直射日光が照りつけていたが、窪地の向こう側は日陰になっている。そこに木にもたれた背の高いアトウォーターの人影が見えた。ヒュイッシュは両手を頭上に掲げたまま、砂地に足をとられてよろけながら、その人影へと近づいていった。周囲に降り注ぐまばゆい陽射しが、ヒュイッシュの小柄さを強調している。子供が敵の要塞へ乗り込もうとするような危険な行動に見えた。

「ようし、止まれ、ミスター・ウィッシュ。それ以上近づくな」アトウォーターが大声で言った。「いい子だから両手は上げたままだぞ。さあ、この距離から船長の考えとやらを聞かせてもらおう」

両者のあいだの距離は四十フィートほどだった。ヒュイッシュは目測でそう判断し、内心で悪態をついた。ゆるんだ砂の上を歩いたせいで足が疲れ、ずっと不自然な姿勢を取っているため腕が痛かった。だが右手の拳では小瓶が出番を待っている。その感触に興奮が高まり、鼓動が激しくなる。しゃべりだしたときは喉がつかえて声がかすれた。

「ミスター・アトウォーター」ヒュイッシュは言った。「あんたも人の子、故郷に帰りゃ、おっ母さんが……」

「安心しろ、私にもちゃんと母親がいた」アトウォーターが皮肉めかして言い返す。「だから無用な気づかいはけっこう。二度と母親の話を持ち出すな。言っておくが、私が情にほだされて隙を見せる人間だと思ったら、大まちがいだぞ」

「おっと、旦那、誤解してもらっちゃ困るな。あんたの個人的感情につけ込むつもりはさらさらない」元店員は素知らぬふりで小さく一歩前へ進んだ。「だけどさ、旦那は非の打ちどころのない完璧な紳士だろ？　おれは紳士をよく知ってるから、本物は見りゃわかるんだ。で、あんたみたいに寛大な心の持ち主になら、迷わずすがろうと決めたわけよ。もちろん、簡単なことじゃないんだぜ。自らを鞭打つ思いで、こうやってあんたに慈悲を乞いにやって来た。これがほんとの茨の道だ」

「安楽に暮らせさえすれば、どこだろうとかまわないということかね？　その気持ちは理解できないでもないが」

「決めつけないでくれよ、アトウォーターさん」ヒュイッシュが言い返す。「それが不当な扱いだってことは神様がよくご存じだ。〝汝は我を見給う神なり！〟って言葉があるだろ。おれの聖書にも親父の聖書にも、毎日目に入るように見返しのところに書き込んであるんだ」

「ひとつ警告しておこう」アトウォーターは言った。「こっちへじわじわと近づいてきているようだが、取り決め違反だぞ。後ろへ下がれ。一歩――二歩――三歩。よし、そこから動くなよ」

たくらみを見抜かれて悪魔は動転し、ヒュイッシュの顔に落胆の表情となって浮かび上がった。アトウォーターはそれに目ざとく気づき、疑念を抱いた。眉をひそめて小男を見つめながら、頭のなかで推測をめぐらせた。なぜこっそり距離を縮めようとしたのだ？　そう自問したあと突然ひらめいて、すぐさまライフル銃を構えた。

「両手を開いてくれないか？　てのひらのなかを見せてもらいたい。ほら、さっさと指を広げるんだ。なにを持っている？　そいつを地面に放れ！」アトウォーターの怒鳴り声が響く。疑惑が確信に変わった瞬間、怒りが噴出した。

ヒュイッシュが小瓶を投げつけるのと、アトウォーターが引き金をしぼるのとが同時だった。

二人の決断の時は一秒の差もなく重なり合ったが、運はライフル銃を持ったほうに味方した。小瓶は宙へ躍り出ないうちにヒュイッシュの手と一緒に銃弾に撃ち砕かれた。飛び散った硫酸がぎらつく眼球を液体の炎のごとく焼き、ヒュイッシュを地獄の苦しみに突き落とした。狂気に満ちた絶叫が上がったあと、二発目のさらに慈悲深い銃弾がとどめを刺した。

　すべてが一瞬の出来事だった。ヘリックが振り返る前に、デイヴィスが恐怖の叫び声を放つ前に、元店員は砂の上に手足を投げ出してあおむけに倒れ、全身をぴくぴくと痙攣させていた。

　アトウォーターは死体に駆け寄り、腰をかがめて間近で観察した。飛散した液体に指先で軽く触れたとたん、顔から血の気が引いて頬が怒りにひきつった。

　デイヴィスは茫然自失の体《てい》で、身じろぎひとつせず立っていた。船首像に背中を向け、後ろに回した両手で船首像にしがみつき、上体だけ前へ傾けている。

　アトウォーターはおもむろに振り返ると、銃口をデイヴィスに向けた。

「デイヴィス！」らっぱのように大きく響き渡る声だった。「最後に神と和解する時間を六十秒だけ与えてやる！」

　デイヴィスは我に返って、アトウォーターのほうを見た。もはや身を守る気はなく、銃に手を伸ばそうとはしなかった。まっすぐ身体を起こして、鼻孔を小さく震わせながら、これから訪れる死に正面から向き合った。

「神にこれ以上面倒をかけるつもりはない。自分のやってきたことを振り返れば、和解なんぞ望めるはずないからな。遠慮しておくよ」

アトウォーターがだしぬけに発砲した。デイヴィスが身体をびくりとさせた直後、弾は彼の頭のすぐ上に命中し、後ろの白い船首像に真黒な穴があいた。緊迫した静寂をはさんで、すぐに次の銃声が響いた。耳障りな音が木立のあいだで反響し、デイヴィスは銃弾が自分の頬をかすめたのを感じた。三発目で片方の耳から出血した。アトウォーターはライフル銃を構えたまま、猛々しいアメリカ先住民よろしくにやりと笑った。

人間を的にして残酷なゲームを楽しんでいるのだと、デイヴィスは気づいた。自分はまるで人形のように突っ立ったまま、三回も死の恐怖を味わわされた。殺されるまであと七回は同じことが繰り返されるだろう。耐えきれずに片手を上げた。

「待ってくれ！」デイヴィスは叫んだ。「わかった、言ったとおりにする。六十秒くれ」

「よし！」

デイヴィスは子供のようにしっかりと目をつぶり、両手を組み合わせて哀れなほどぎこちない祈りの姿勢になった。

「主よ、二人の我が子を見守り給え」少し間があったあとに、口ごもりながら言い添えた。

「どうかお願いします。アーメン」

デイヴィスは目を開くと、唇を震わせながらライフル銃を見つめた。

「蛇の生殺しのようなまねはやめてくれ！」と懇願した。

「それで全部か？」そう訊いたアトウォーターの声に妙な響きがこもっていた。

「ああ、たぶんな」デイヴィスは答えた。

「本当か？」アトウォーターはライフル銃を下ろし、床尾を地面につけた。「たったそれだけで、神と和解できるのか？　まあ、いい。私とは和解した。行け、罪深い父親よ。二度と罪を犯すな。他者に対するおこないをあらため、清く生きていくがいい。そうすれば、おまえの無垢なる子供たちのもとには神のご加護が何千回ももたらされるであろう」

打ちひしがれたデイヴィスは船首像から離れ、よろよろと前へ進み出た。そして両膝をついてうずくまり、両手を宙にさまよわせたあと気絶した。

意識を取り戻したとき、デイヴィスの頭はアトウォーターの腕に支えられていた。そばに潜水具のヘルメットをかぶった召使いの一人が水の入ったバケツを持って立っている。さっきまで死刑執行人だったアトウォーターは、そのバケツから水をすくってデイヴィスの顔にかけていた。突然、デイヴィスの脳裏に血も凍るおぞましい場面がよみがえり、ヒュイッシュの死体がまざまざと思い浮かんだ。またしても底知れぬ深淵の崖っぷちに立たされた気分になった。足もとがぐらつき、いまにも落下しそうな状態だ。デイヴィスは自分を殺そうとした男に震える手でしがみつくと、熱に浮かされて悪夢を見た子供のように無我夢中で叫んだ。「ああ！　神の慈悲はいったいどこへ？　ああ、なぜわたしは救われなければならないのだ？」

「ほほう！」アトウォーターが言った。「それこそが真の悔悛だ」

第十二章　最後の断章

　前章をしめくくる出来事から二週間後、すなわちこの物語の幕が上がってから約一カ月後の、太陽が燦々と輝く暑くて風の強い活力旺盛な真昼時、一人の男がラグーンの浜辺で人目を忍ぶように祈りを捧げていた。彼がひざまずいている場所は林に覆われた岬に隔てられ、居留地からは見えない。四方には空と大海原が果てしなく続き、視界に入る人工物は一隻のスクーナー以外にはなにもなかった。そのファラローン号は最初のときとは停泊位置が変わっていた。風上へ二マイルほど移動してラグーンの真ん中に錨を下ろし、吹きすさぶ風に揺れている。荒々しい貿易風は島全体でうなり声を上げていた。近くのヤシの木が突風にかき乱され、ざわざわと鳴っている。遠くのヤシの木からは都会の喧騒に似た低いハミングが聞こえてくる。それでも、よほどなにかに心を奪われていないかぎり、大暴れする風の音よりもさらに鋭い人の声がときおり居留地で響くのに気づくだろう。全員が精力的に活動中だった。アトウォーターもズボンだけになって作業に加わり、五人のカナカ人にてきぱきと指示したり励ましたりしていた。

突然の喜ばしい展開に、カナカ人船乗りたちはいっそう張りきって仕事に精を出しているようだ。頭上の竿には再びユニオンジャックがひるがえっている。しかし、彼らの声も浜辺の祈禱者の意識には届かなかった。切迫した感じすら受ける真剣な態度で、一心不乱に祈り続けていた。彼の声は高くなっては低くなり、表情は敬虔さと恐怖のあいだで揺れ動く心を映し、奇妙な具合に明るくなったり暗くなったりを繰り返した。

彼が祈りのために目を閉じる前、小さな軽装帆船《スキッフ》が岸を離れ、海面に浮かぶ無人のファラローン号に向かってジグザグに進んでいった。重要な任務を負ったヘリックを運ぶためだった。彼はファラローン号に乗り込むと、まず船室へ入り、そのあと船首楼へ向かった。最後に主ハッチから甲板内へ降りた。彼の行く先々で煙がもくもくと上がっていった。彼がスキッフに戻って、舷側から離れるか離れないかのうちに、スクーナーは炎に包まれた。火の手は激しかった。灯油がたっぷりまかれているうえ、貿易風が猛烈な勢いで炎をあおった。帰路の半ばくらいで、ヘリックは後ろを振り返った。紅蓮《ぐれん》の炎が高く躍り上がり、ファラローン号のトップマストにまでからみついていた。大量の黒煙がラグーンの海面すれすれを走って、ヘリックを追いかけてくる。あと一時間もすれば、盗まれたスクーナーは海中に没するだろう、と彼は思った。

そのとき、スキッフはたまたま吹いてきた突風を食らって大きく押し流された。ヘリックは燃えさかるファラローン号に気を取られていたため、湾内に入ってようやく進路がヤシ林の岬の北へずれていることに気づいた。それと同時に、熱心に祈りを捧げているデイヴィスの姿を見つけた。ほう、とヘリックは思わず感嘆の声を漏らした。胸中に好奇心と困惑が相半ばした。ヘリックは舵を操作して、祈りに没頭している男から二十フィートも離れていない砂浜に舳先《へさき》を乗り上げさせた。もやい綱を持って陸に上がると、デイヴィスのそばへ行った。相手の口からよどみないが支離滅裂な言葉が流れ続けている。なにを嘆き、なにを懇願しているのかは聞き取れなかったが、ヘリックは愉快なような哀しいような心持ちでしばらくのあいだ耳を傾けた。彼自身の名前がののしり言葉とともに飛び出したのをきっかけに、デイヴィスの肩に手を置いた。

「祈りの最中に邪魔して申し訳ないが」とヘリックは話しかけた。「ファラローン号の最後を見届けてもらいたくてね」

船長はぎょっとしてそそくさと立ち上がり、息をのんだままヘリックを見つめた。「ミスター・ヘリック！　びっくりさせないでくれ。すっかり弱っちまってるんだから。あんなことがあって以来、もう前のような自分じゃ……」そこで急に言葉を切った。「なんだ、なんて言った？　おお、ファラローン号が！」デイヴィスは力なく海上を見つめた。

「そう、見てのとおりだ」ヘリックは言った。「ファラローン号を燃やした！　なぜなのかはわかるだろう？」

「トリニティ・ホール号か？」とデイヴィス。

「ご明察。三十分前に船影を確認した。ぐんぐん近づいてくる」

「ふん、そうかい。だがわたしにとっちゃ、なんの価値もない」船長はため息をついた。

「ずいぶんと恩知らずな言いぐさだな！」

「たぶん」デイヴィスは物思いにふける顔つきで言った。「おまえさんとわたしとでは物の見方がちがうんだろう。とにかく、わたしはこの島に残りたい。ここには心の安らぎがある。信じることに安らぎを見いだせる。そうとも、ジョン・デイヴィスにはこの島がどこよりもふさわしい場所なんだ」

「なにばかなこと言ってるんだ！」ヘリックは叫んだ。「あきれたな！　なにもかもあなたの都合のいい形になったじゃないか。ファラローン号と一緒に証拠は消えて、乗組員たちの身の振り方も決まった。これで安心して奥さんや子供たちのもとへ帰れるんだぞ。それなのに、悔悛したにせよなんにせよ、わざわざアトウォーターに尻尾を振る手飼いの犬になるつもりか！」

「なあ、ミスター・ヘリック、そんな言い方をしなさんな」船長は静かに言った。「アトウォーターもわれわれと同類だってことは知ってるだろう？　ああ、しかし、なぜ三人ともこのままなんだ？　なぜ神の御許に召されないんだ？　早く向こうの美しい国で暮らしたいものだ。いまはただそれだけを願っている。主よ、不信心なわたしをお許しください！　いつか神は罪びとを受け入れ、その腕に抱いてくださる。ああ！　これまでのわたしはなんて罪深い者だったのだろう！」

訳者あとがき

訳者あとがき

本書は、十九世紀を代表するスコットランド出身の文豪ロバート・ルイス・スティーヴンスン（以下、ＲＬＳ）が継子ロイド・オズボーンと共同で執筆した『The Ebb-Tide』（一八九四）の全訳である。

翻訳にあたっては、ウィリアム・ハイネマン社のツシタラ版全集『The Works of Robert Louis Stevenson VOL. XIV』（一九二四）を主に用いた。

舞台は南太平洋の海と島、物語の基調となるのは帆船での旅と冒険——と聞けば、ＲＬＳの作品で誰もがすぐに思い浮かべるのは最初の長編『宝島』（一八八三）だろう。実際に『宝島』と同様、不安と希望が交互する興奮に満ちたストーリー展開だ。ただし作者のねらいやテーマは、『宝島』と並ぶ傑作『ジキル博士とハイド氏』（一八八六）に近い。人間の心にひそむ複数の自意識を、さらには道徳心の曖昧さと限界を探ろうとする作者の試みが、海洋冒険物語の陰で進行していく。原題には“A Trio and Quartette”という音楽用語のサブタイトルがついており、第一部にはおちぶれて南洋の島に流れ着いた白人（いわゆるビーチコマー）の三人組が登場し、

第二部では孤島で財を成す信心深く強力な男が加わる。また、第一部、第二部とも、彼らの倫理観を揺るがす悪徳行為と暴力行為、すなわち犯罪がからむ。きらめく珊瑚礁、色鮮やかな熱帯魚、青々と茂るヤシの木、まぶしい砂浜、透きとおった海——理想郷を描いた絵画のような世界に跋扈《ばっこ》する、虚栄心や欲望が生んだ魔物。不運という共通項によって結びついた、性格も素性もばらばらな男たちの奏でる不協和音。RLSの生前最後に出版された白昼夢のごとき、そして含蓄豊かなアンチヒーロー小説を、どうか隅々まで味わい尽くしていただきたい。

これより先は本書の内容に触れるため、未読の方はご注意ください。

『引き潮』の成り立ち

RLSは一八八九年四月、大学時代からの親友で弁護士のチャールズ・バクスターに宛てた手紙で、本書について初めて言及している。この時点では、〝南洋物語（South Sea Yarns）〟として三つの長編を構想していた。タイトルは第一弾が『The Wrecker』、第二弾が『The Pearl Fisher』、第三弾が『The Beach Combers』。本書は第二弾にあたるが、当初の計画より短くなり、タイトルも変更された。

タイトルの変更は二度おこなわれ、一八九三年二月、『The Pearl Fisher』から『The Schooner Farallone』に変えるとバクスターに伝えている。二カ月後の別の友人への手紙では、『The Ebb-

Tide: a Trio and Quartette』となっているので、『The Schooner Farallone』だった時期は短い。このタイトルのファラローン号はご存じのとおり本書に登場する重大な秘密をはらんだ帆船である。文中では諸事情から〝ファラローン〟と記したが、〝ファー・アローン（Far-alone）〟と読むこともでき、ＲＬＳはこちらを望んでいたという。ちなみに、〝南洋物語〟に挙がった三つのタイトルのうち、『The Wrecker』は一八九二年に刊行され、『難破船』として邦訳も出ているが（原題同じ）、『The Beach Combers』は結局書かれなかった。

共著者のロイド・オズボーンはＲＬＳの結婚相手ファニーの連れ子で、一八七六年から一八九四年までＲＬＳと人生をともにし、『宝島』が生まれるきっかけになった。『難破船』と『箱ちがい』（一八八九）もＲＬＳとロイドの合作である。

ＲＬＳがバクスターに書き送った手紙から、ロイドは一八八九年五月にすでに本書の執筆にとりかかっていたようだ。ロイド自身もツシタラ版全集の『引き潮』に添えた序文のなかで、着手した時期は『難破船』（こちらは同年九月に着手）より早いと述べている。彼の説明によれば、最初の数章を何度直してもＲＬＳにうんと言ってもらえなかったので、冷却期間をおくため中断していたところ、たまたま訪ねてきたＲＬＳの従弟サー・グレアム・バルフォア（一九〇一年に『スティーヴンスン伝』を発表）が読んで絶賛した。それをきっかけにＲＬＳは一から書くことになったそうだ。文学に造詣の深いサー・グレアムをうならせたのだから、ロイドの草稿はダイヤモンドの原石のごとく生粋の輝きを放っていたのだろうと想像される。

しかし、結果的に本書のほとんどをＲＬＳが執筆したことは、彼のシドニー・コルヴィンに宛てた手紙からも明らかである。

ケンブリッジ大学で美術を教えていたコルヴィンはＲＬＳと二十年以上の親交があった。ＲＬＳの生前はコーンヒル誌やマクミラン社の知人を紹介するなどの労を取り、死後は彼の書簡集を編纂した。一八九三年八月、コルヴィンに本書の原稿を読んでもらったあと、ＲＬＳは手紙にこう書いている。〝もう遅いかもしれないが、著者の名前からロイドをはずせないだろうか。後半には彼は無関係だし、前半は一緒に書いたとはいえ始まりの部分だけで、後半は完全にぼくの筆によるものだ。悪名高い作品に若い彼を巻きこむのは忍びない。きみは最後の二章をまだ読んでいないが、これほど醜悪で皮肉な作品はまずないだろう〟。数日後の手紙にも、〝きみがこの作品への見方を改めたなら、ロイドの名前はそのままでいいよ。きみの判断にまかせる。とにかく、前半のシャンパンに関する発見までの部分はロイドと話し合って決め、彼が草稿を書いたが、そこから先については彼は相談相手になった程度だ〟とある。簡単に補足すると、コルヴィンは『難破船』のときからすでにロイドとの合作には反対で、ＲＬＳの名声と売り上げを損なうものだと考えていた。『引き潮』についても、初めの部分を読んであまり乗り気にはなれなかった。ただし、ＲＬＳが単独で書いた最後の二章は大いに気に入った。

ＲＬＳも脱稿まで書き直しを重ねているので、ロイドの〝草稿〟の要素がどれほど残っているかは疑問だが、約五カ月間そのように苦心惨憺しつつもＲＬＳが完成に漕ぎ着けたという点に興味をそそられる。次にその様子を進捗状況から追ってみたい。

先に述べた一八九三年二月のバクスターへの手紙に、〝これは非常に残忍かつ陰鬱な話だ〟、〝あと一カ月で書き上げる〟と記している。四月のコルヴィン宛ての手紙では、現在八二ページまで書き進んでいること、最終的に一一〇ページくらいになる見込みだが、五八ページから八二ページまでは苦労の連続だったことを、タイトルの変更とともに伝えている。この頃、本書の舞台タヒチと同じく、RLSが家族と暮らしていたサモアでもインフルエンザが流行し、体調は万全ではなかった。五月に入ると、執筆は一進一退だったことがコルヴィンへの手紙からうかがえる。九三ページまで進んで間もなく完成だと告げた翌日に、八五ページを書き直し、最終章には大工事が必要になりそうだと述べている。同月二十九日の時点では、〝第十一章で悪戦苦闘中。もうずいぶん前に書き始めた九三ページをいまもまだ書いている〟という状況だった。また、一〇三と一〇四ページを執筆中の六月五日には、〝とんでもなく困難な作業だ。とりわけ第十一章にはかなり手こずらされた〟との記述がある。同日めでたく脱稿し、〝ああ、やっと完成した〟、〝悲壮な一六ページ分がついに終わった〟、〝この十三日間は地獄のような毎日だった〟、〝いまだかつてない残忍でいまわしい話だ〟と心情を吐露している。その手紙の最後には、登場人物ヒュイッシュの墓石を正方形の枠で表現し、そのなかに墓碑銘まで書き込んである。〝J・L・ヒュイッシュの霊に捧ぐ　一八五六年ロンドン、ハックニー生まれ　一八八九年九月十日この島で不慮の出来事により死没〟。ようやく重荷を下ろせたとの思いから生じた一種のユーモアなのだろう。

詩人で文芸評論家のエドマンド・ゴスに宛てた六月十日付の手紙には、こう記されている。〝小説はつくづく難しいと思う。登場人物をつねに動かさなければならないので極度の緊張を強いられるうえ、三人称の作品において地の文と会話文を調和させるのは至難の業だ。それもあって、ぼくはしばしば一人称を選ぶ。こんなことを書くのは三日前に最新作『引き潮』を完成させたばかりだからなんだ〟

『引き潮』の味わい

冒頭でも触れた、美しい幽玄の風景が毒々しい秘密を隠しているというコントラストの妙は、読みどころとして真っ先に挙げたい。また、前半にヘリックとデイヴィスがヒュイッシュに『千夜一夜物語』もどきの空想を語り聞かせるシーンがあるが、この唐突な入れ子構造はまさにRLS節と呼ぶべき特色で、愛読者にとってはたまらない魅力だろう。さらに後半のクライマックス・シーンでは、本書の〝新味〟や〝異次元性〟を感じさせる要素が目白押しである。なかでも潜水ヘルメットをかぶった男たちの奇怪さ、珍妙さは読み手の視覚を刺激すること間違いなしだ。

ブラウン神父のシリーズで知られる作家G・K・チェスタトンが、評伝『ロバート・ルイス・スティーヴンスン』のなかで、〝『引き潮』はスパイスをたっぷり効かせた作品である〟と述べているように、本書は鮮やかな断片が集まった活きのいい物語だ。目を凝らすと、そのひとつひとつに印象深い寓話が詰まっている。チェスタトンはＲＬＳの小説の特徴を語る際、〝おもちゃの劇場〟や〝パントマイム〟という表現を用いた。ＲＬＳ本人は〝残忍かつ陰鬱な話〟と書いていたが、潜水ヘルメットをかぶった人間が海坊主に、あるいはロボットに変身するシーンやデイヴィスの歌い踊る姿など、どこかひょうきんな愛らしさを感じさせる。シャーロック・ホームズの生みの親、コナン・ドイルもそこを評価したのだろう、作家論『魔法の扉を通り抜けて』のなかで本書を『難破船』とともにお気に入りの海洋小説のひとつに選び、ぜひとも孫に読ませたい小説だと述べている。

では、ＲＬＳが胸躍るおもちゃの劇場で見せたかったものはなんだろう。自然主義文学の提唱者エミール・ゾラの影響を受けたという当人の言葉どおり、リアリズムにのっとって人間のあるがままの姿を描き出しているが、とりわけ道義心の曖昧さ、脆弱さが浮き彫りになっている。そして、揺るぎない内面を持った強い人間が必ずしも善ではなく、また、教養があってもつねに道徳的に正しくふるまえるとはかぎらない、といったねじれが意外な行動を呼び、皮肉な混乱を招く。ここがＲＬＳの小説は登場人物の見せ方が独特で秀逸だと評されるゆえんだろう。

具体的に見ていくと、第一部の三人は善人二名と悪人一名の組み合わせで、善人たちはそれぞれ弱さと酒の問題を抱えている。アメリカ人、ロンドンの下町出身、名門のオックスフォード大学出身と、三人とも異なる来歴の持ち主だが、疑似家族として船旅をともにする。第二部では三人の前に強大な男が立ちはだかる。彼について主人公のヘリックは、〝つねに冷笑をたたえている曖昧な欺きの仮面〟の下から本性を引きずり出すつもりだったが、〝ほとばしる厚い信仰心の輝きを見て〟驚嘆の念に打たれる。自分とはちがい、欺瞞的ではなかったからだ。この箇所は『ジキル博士とハイド氏』と共通する二面性の問題でもあるが、それが完全な悪でもなければ善でもなく、結論までが曖昧さをまぬかれないという底なし沼にはまっている。ということは、結局のところ運命に操られるしかないのか？　それとも、ヘリックが言うように、目の前で運命の車輪が回転していて、自分の意思ひとつで、〝軽く手を触れて左か右に向けさえすれば、生きる者と死ぬ者を分けることができる〟のか？　こうした疑問を読者に提示するときの鋭さも印象的だ。自尊心にとらわれて優柔不断に陥る主人公をはたから眺めていたら、いきなり矢がこちらへ飛んできたかのごとき驚きを味わわされる。突然幕が下ろされたような結末は本当の終わりではない。エピグラフの〝人の営みには潮の満ち引きがある〟という一文に照らせば、生き残った者たちの選択したそれぞれの道にはまた新たな物語が続いていく。

RLSの略歴と主な著作の刊行年

一八五〇年、エディンバラで父トーマス・スティーヴンスンと母マーガレット・バルフォアのもとに生まれる。幼い頃から病弱で、十代はおもに家庭教師から勉強を教わる。

一八六七年、土木工学を学ぶためエディンバラ大学に進む。スティーヴンスン家は代々、灯台の設計や建築に関わり、名高い功績をおさめていた（詳しくは Bella Bathurst『The Lighthouse Stevensons』などをご参照のこと）。日英両国の依頼で一八六八年に来日し、約八年間に二十六基の灯台を手がけた〝日本の灯台の父〟リチャード・ヘンリー・ブラントンは、トーマスが兄デイヴィッドと経営していたスティーヴンスン兄弟社から派遣されている。自らも有名な灯台技師だったトーマスは、当然ながら一人息子も同じ道へ進むことを望んでいた。

一八七一年、灯台技師よりも作家になりたかったＲＬＳは父と話し合い、妥協案として弁護士の資格取得を目指す。

一八七三年、父との関係が悪化。親戚の家でシドニー・コルヴィンと知り合う。

一八七四年、エッセイ『南欧に転地を命ぜられて』をマクミラン誌に発表。

一八七五〜六年、フランスのパリとフォンテーヌブローに滞在。アメリカの画家ウィル・ロウ（『難破船』の主人公のモデル）や、のちに妻となるファニー・オズボーンと出会う。

一八七八年、『内地の船旅』（カヌー旅行の紀行文）

一八七九年、ファニーを追ってスコットランドからアメリカ西海岸へ。汽船と移民列車をいくつも乗り継ぐ過酷な旅で、その模様は『素人移住者』に記された。マラリアで死にかけるが幸い快復。『旅は驢馬をつれて』（紀行文）

一八八〇年、ファニーと結婚。彼女とロイドをともなって帰国し、父と和解。

一八八一年、『若い人々のために』（エッセイ集）
一八八二年、『新アラビア夜話』（短編集）
一八八三年、『宝島』
一八八四年、体調が芳しくなく、イギリス南西部ボーンマスへ移住。作家ヘンリー・ジェイムズと親交を深め、自宅によく招いた。
一八八五年、『プリンス・オットー』
一八八六年、『ジキル博士とハイド氏』、『誘拐されて』
一八八七年、父トーマス死去。アメリカ東海岸へ。
一八八八年、サンフランシスコからポリネシアへ出発（後述）。『二つの薔薇』（『黒い矢』）
一八八九年、『バラントレーの若殿』、『箱ちがい』（ロイドとの共著）
一八九二年、『難破船』（ロイドとの共著）
一八九三年、『海を渡る恋』（『誘拐されて』の続編）
一八九四年、本書（ロイドとの共著）
一八九六年、『ハーミストンのウェア』（未完）
一八九七年、『虜囚の恋』（未完）アーサー・クイラ・クーチが完成させる。

ＲＬＳと南太平洋

一八八七年に父トーマスが他界すると、翌年五月からポリネシアをめぐる船旅が始まった。長年肺病を患い、温暖な土地での暮らしを望んでいたこともあって、新聞社からの取材旅行の依頼を受けることになったのである。当初は七カ月の予定だったが、一年、二年と延び、ついには一八九〇年一月にサモアのアピアから近いヴァイリマに三百エーカーの土地を購入した。一八九四年十二月に亡くなるまでの約五年間そこで暮らした。

この五年間の執筆活動は実に精力的だった。長編四本のほか短編、エッセイ、未完の小説二本、南の島々に関する見聞録、年代史、エッセイなどを著わし、友人との書簡も膨大な数にのぼった。文通相手は先のバクスターやコルヴィン、ゴス、ロウのほか、作家のコナン・ドイル、ヘンリー・ジェイムズ、ジョージ・メレディス、アンドルー・ラングなど多彩な顔ぶれである。

旅行記『南海にて』（一八九六）をもとに、RLSがたどった航路を以下に簡略にまとめてみた。

一八八八年　五月、スクーナー〈キャスコ〉号でサンフランシスコを出航し、マルケサス諸島、ツアモツ諸島を経由して本書の舞台となったタヒチのパペーテに到着。

一八八九年　一月、〈キャスコ〉号でタヒチからハワイのオアフ島へ。その後、ハワイ島や、ハンセン病患者のための療養施設を運営していたダミアン神父を訪ねてモロカイ島に滞在したあと、六月、スクーナー〈イクエイター〉号でホノルルを発つ。ギルバート諸島へ向かう。七月、ギルバート諸島のブタリタリ着。マリク島やアベマママ島をめぐる。十月、〈イクエイター〉号でブタリタリを出てサモアへ。十二月、サモアのアピアに到着し、借家に住む。

一八九〇年　一月、アピアのヴァイリマに三百エーカーの土地を購入し、邸宅の建築を手配。同年二月、汽船〈リュベック〉号でシドニーへ。四月、汽船〈ジャネット・ニコル〉号でシドニーを発ち、ニュージーランドのオークランドやニウエを経てサモア着。五月、同船でスウェイン島、クック諸島、エリス諸島。六月、ギルバート諸島やマーシャル諸島など。七月、ギルバート諸島、ニューカレドニア、ニューへブリディーズ諸島等をめぐる。八月、汽船〈ストックトン〉号でニューカレドニアからシドニーへ。九月、〈リュベック〉号でシドニーからサモアへ。

一八九一年　一月、〈リュベック〉号でシドニーに向けてサモアを出発。三月、シドニーからサモアへ。四月と六月はスクーナー〈ヌクノナ〉号でサバイィ島ほかサモア諸島をめぐる。

一八九三年　二月、汽船〈マリポサ〉号でサモアを発ち、途中オークランドに立ち寄ってからシドニーへ。三月、同船でサモアへ戻るが、九月にはホノルルへ向けて出発。十一月にホノルルからサモアに帰着。

一八九四年　八月、サモアのツツイラ島パゴパゴを訪ねる。十二月三日、ヴァイリマの自宅にて急逝。

健康に不安を抱えながらこれほど頻繁に船旅を重ねるとは驚異的な気力の持ち主だが、その原動力となった好奇心や熱意はどこから生まれたのだろう。RLSがポリネシアで、とりわけ定住地に定めたサモアで視たものを、次の項目で一端ながら示したい。

死の物語化

『トッド・ラプレイクの話』や『誘拐されて』等の作品からうかがえるように、RLSの故郷スコットランドはゴシックロマンスの雰囲気を持つ神秘的な土地柄で、伝承も豊かである。彼にとって土地とは霊性を秘めたものだったから、サモアのアイトゥなる精霊の寓話に魅せられたのは自然のなりゆきだろう。長老派教会の信徒だった厳格な父の影響による型どおりの死生観から解き放たれたい。そう願いながらエキゾチックな物語を愛していた者にすれば、南太平洋での暮らしは長年の夢想を現実化するものだったと推察される。

未開の地への旅には、多かれ少なかれ、自己の生の単純化や再生への期待がこめられているのではなかろうか。RLSの知るロンドン、ニューヨーク、サンフランシスコは技術革新と都市開発の中心地で、急速な機械化や発達する交通網にともなって騒音や大気汚染の問題も生じ、旧来のキリスト教的死生観は変容しつつあった。医療や技術の発達で衛生面は改善されても、合理的な生の追求はむしろ死に対する恐怖を増大させていたともいえる。列強国間の対立や植民地をめぐる戦乱も、近代都市を安らぎの場から遠ざけていた。

そうした欧米先進国とは対極的な南国へのあこがれ。ポリネシアへの旅と移住はRLSにとって生と死をフィクション化し、作り直す自由につながると感じられたことだろう。しかし、現実には理想どおりの楽園暮らしとはいかなかった。南太平洋諸国においても居留地の主導権をめぐって欧米の内政干渉が強まり、ことにコプラやパイナップルに目をつけたドイツ人貿易商たちは現地の住人に過酷な労働を強いた。サモアは一八八九年からイギリス、アメリカ、ドイツの協同管理下におかれていたが、部族間の小競り合いに三国間の領有権争いがからみ、ウポル湾内には軍艦の砲声すらとどろいた。そのような状況を憂えたRLSは親しい部族長を招いてカヴァの儀式（ヤシの実の器でコショウ科の灌木を原料とする飲み物を回し飲みし、楽器の演奏や歌が披露される）を催し、調停役を果たそうとした。島民の結束を固めて外部からの侵略を防ぐことの重要性、自力での資源開発や教育の必要性などを再三説いたが、功を奏したとは言いがたかった。

その時点でサモアにおいても単純な死と生は失われかけていたが、RLSは地元の勇者たちを〝グラディエーター〟と呼んで尊敬の念を表わした。サモアでは武器類を神聖視することはあっても、戦士の権威づけは弱かった。名を残して代々伝えようとする政治的意図は希薄で、戦闘によって死という事実が厳然と与えられるだけである。サモアの戦士の名はどこにも刻印されない。

こうした饒舌でない死はRLSの目に新鮮に映ったことだろう。圧倒的な大海を前に、肉体は死とともに消えていく。サモアでの肉体の死は簡素で、先祖霊を祀る石像もなく、狩猟があまりおこなわれなかったサモアやトンガではトーテミズムのような動物神による序列化の要素も少ない。現世を生きる肉体が互いに礼を尽くすための質素な儀式、カヴァが真剣な話し合いや宴の中心となった。RLSがヴァイリマに建てたコロニアル風の邸宅には、部族の首長たちとカヴァをおこなったホールやバルコニーが残されている。

無文字社会や文字文化があまり発達していない地域では〝語り部〟が重要視される。部族内で長《おさ》に次ぐ位を与えられることも多いが、サモアでは語り部さえ宗教的権威ではなかった。サモア語で〝ツシタラ〟と呼ばれる語り部は伝承やカヴァの手順を助言する役を担いはしても、自ら儀礼的なダンスを踊ることはない。RLSは現地の人々から〝ツシタラ〟と呼ばれて敬われたが、宗教儀式の司祭というより、知恵者というニュアンスのほうが強かった。

〝ない〟を特徴とする素朴な風俗習慣を持つサモアも、一八九三年は先に述べたイギリス、アメリカ、ドイツの対立を背景に血塗られた戦場となった。銃火器が使用されたため、サモア各島でかつてない惨劇が繰り広げられ、サモア人同士の壮絶な内戦が続いた。首都アピアのバリケードに並べられた生首は、サモア人にすれば身体の精霊を払う祈りの意味合いもあったのだろうが、ＲＬＳは彼らのなかに眠っている暴力性に衝撃を受けた。銃弾に倒れた首長の死を看取る家族をＲＬＳは目をそらすことなく見つめ、サモア人が死を受容する様子を、友人コルヴィンへの六月二十四日付の手紙にこう記した。

〝肺を撃ち抜かれた首長は横臥して、最後の天使を待っていた。家族は皆、彼の手足を握っていた。全員、無言だった。一人の女が突然彼の膝をつかんで泣き叫んだが、五秒後には再び沈黙した〟

その約一年後にＲＬＳが病死したとき、彼と親しかったサモア人たちは敷地内のヴァエア山への道を切り開き、〝ツシタラ〟の棺を頂上まで運び上げた。標高二二〇メートルほどの低山だが、途中にはかなり険しい箇所もある。日当たりのいい山頂に純白の墓石だけが置かれ、ＲＬＳはいまもそこに眠っている。彼が若かりし頃、死を覚悟したときに詠んだ詩、「レクイエム」の墓碑銘とともに。

広い星空の下に
墓を掘り、わたしを眠らせたまえ
わたしは喜びとともに生まれ、死んでいく
そして、ひとつの言葉を遺して眠る
わたしのために刻む墓碑銘はこれだ――

「ここ、あこがれの地に彼は眠る
船乗りは海から帰り、
狩人は山から帰る」

ロバート・ルイス・スティーヴンスン　Robert Louis Stevenson
一八五〇年、スコットランド、エディンバラの著名な灯台技師の家に生まれる。エディンバラ大学で土木工学と法律を学び、弁護士の資格をとるが、やがて文筆活動を開始し、『新アラビア夜話』（一八八二）、『宝島』（一八八三）、『ジキル博士とハイド氏』（一八八六）、『誘拐されて』（一八八六）、『バラントレーの若殿』（一八八九）などの傑作を発表、世界的人気作家となる。晩年は病と闘いながら南太平洋の各地を訪問、サモアに居を定め、一八九四年、同地で没する。

ロイド・オズボーン　Lloyd Osbourne
一八六八年、サンフランシスコに生まれる。スティーヴンスンの妻ファニーが先夫との間にもうけた息子。名作『宝島』は、義父スティーヴンスンが少年時代のロイドに語った物語がもとになっている。スティーヴンスンとの合作に、『箱ちがい』（一八八九）、『難破船』（一八九二）、『引き潮』（一八九四）がある。一九四七年死去。

＊

駒月雅子（こまつき まさこ）
一九六二年生まれ。慶應義塾大学文学部卒業。翻訳家。訳書にR・L・スティーヴンスン&ロイド・オズボーン『難破船』（ハヤカワ・ミステリ）、コナン・ドイル「シャーロック・ホームズ」シリーズ（角川文庫）、ジョン・ディクスン・カー『皇帝のかぎ煙草入れ』、ヘレン・マクロイ『暗い鏡の中に』（以上創元推理文庫）、ローリー・リン・ドラモンド『あなたに不利な証拠として』（ハヤカワ文庫）、ジャック・リッチー『カーデュラ探偵社』（河出文庫）他多数。

THE EBB-TIDE

by

Robert Louis Stevenson & Lloyd Osbourne

1894

引《ひ》き潮《しお》

著者　ロバート・ルイス・スティーヴンスン
ロイド・オズボーン
訳者　駒月雅子

2017年8月10日　初版第一刷発行

発行者　佐藤今朝夫
発行所　株式会社国書刊行会
〒174-0056 東京都板橋区志村 1-13-15　電話 03-5970-7421
http://www.kokusho.co.jp
印刷・製本　中央精版印刷株式会社

装幀　山田英春
装画　影山徹
企画・編集　藤原編集室

ISBN978-4-336-06143-0

箱ちがい

R・L・スティーヴンスン&ロイド・オズボーン　千葉康樹訳

鉄道事故で死んだ老人には、最後に生き残った一人だけが受給できる莫大な年金があった。甥たちは一計を案じて彼が生きているように見せかけようとするが……。

夜毎に石の橋の下で

レオ・ペルッツ　垂野創一郎訳

ルドルフ二世の魔術都市プラハを舞台に、皇帝、ユダヤ人の豪商とその美しい妻、高徳のラビらが繰り広げる数奇な物語。夢と現実が交錯する幻想歴史小説の傑作。

ボリバル侯爵

レオ・ペルッツ　垂野創一郎訳

ナポレオン軍占領下のスペイン。謎の人物ボリバル侯爵はゲリラ軍の首領に作戦開始の三つの合図を授けた。占領軍は侯爵を捕えてこれを阻止しようとするが……。

スウェーデンの騎士

レオ・ペルッツ　垂野創一郎訳

北方戦争時代のシレジア。貴族の若者と名無しの泥坊、全く対照的な二人の人生は不思議な運命によって交錯し、数奇な物語を紡ぎ始める。波瀾万丈の伝奇ロマン。

聖ペテロの雪

レオ・ペルッツ　垂野創一郎訳

ドイツの寒村で帝国復興を夢みる男爵の秘密の計画に次第に巻き込まれていく青年医師。夢と現実、科学と奇蹟が交差する時、めくるめく記憶の迷宮がその扉を開く。